中国高等职业院校
艺术专业系列教材

摄影基础

潘锋 等编著

上海人民美術出版社

图书在版编目（CIP）数据

摄影基础：新版/潘锋等编著.--上海：人民美术出版社。2011.4
ISBN 978-7-5322-7193-1
I.①摄⋯ II.①潘⋯ III.①摄影技术-高等学校-教材
IV.①J41

中国版本图书馆CIP数据核字（2011）第026975号

中国高等职业院校艺术专业系列教材

摄影基础（新版）

编　著：潘　锋　王　骅　祖忠人
　　　　江进华　吴本宁　徐和德
责任编辑：汤德伟
封面设计：曹田泉
技术编辑：季　卫
出版发行：上海人民美术出版社
　　　　　（上海长乐路672弄33号）
印　　刷：上海市印刷十厂有限公司
开　　本：787×1092　1/16　9印张
版　　次：2011年4月第1版
印　　次：2011年4月第1次
印　　数：0001-3300
书　　号：ISBN 978-7-5322-7193-1
定　　价：24.00元

目录

前　言

　　《摄影基础》作为中国高等职业院校艺术专业系列教材之一，由长期在高校中担任摄影教学工作的资深教师或专业摄影家执笔撰稿，是一本新颖实用、适合高等职业院校艺术教育使用的摄影教科书。

　　《摄影基础》共分六章二十五节，融摄影基础知识、摄影基本技能和摄影练习与实践于一体，图文并茂、注重实用。该教材最大的特点是对于摄影专题的分类强调科学性与实际性，对摄影的表现形式极具指导性与实践性。

　　《摄影基础》的第一章阐述了摄影成像的缘由与发展、摄影成像的形式与流程及摄影的分类形式；第二章重点论述了照相机及其附件的应用、感光材料的使用等；第三章不仅论述了曝光技术，还论述了光线与色彩的关系、光线与色温的关系及其运用技巧；第四章重点论述摄影构图，主要讲解了摄影构图的基本规律；第五章是本教材的重点，编写了人像、风光、静物与广告、体育、舞台、时装、生物、夜景八个摄影专题，第五章这几个专题，是各方摄影专家长期摄影实践的结晶，可以说，这里没有空洞的说教与深奥的理论，但它却能引领你快捷掌握各专题的拍摄技能；第六章编写了数字图像的常规处理和特效处理的基本技法，这是为顺应当前数字化摄影潮流而编写的一个章节，以便使学员能初步掌握基本的数字图像处理技巧，使学员在摄影创作、就业等方面更能适应当代社会对数字化图像处理技能的要求。

　　此次推出的新版《摄影基础》，保留了原版本的基本结构和特色，对图、文作了全面的更新，特别是根据这些年数字摄影迅猛发展的趋势，大大强化了有关数字摄影基础知识和数字摄影操作技能的论述，充实了有关数字摄影基础知识和数字摄影操作技能的最新内容。

　　期盼在教学实践中，能得到广大师生和摄影家对新版《摄影基础》的批评与指正，以便能够再次对该教材进行修订，使其更为完善。在此，向广大师生和摄影家致以衷心的感谢！

中国高等教育摄影专业委员会　常务理事
上海市摄影教学研究会会　　长　

2011.2

第1章
sheying gaishu

摄影概述

第一节 摄影成像的缘由与发展

一.针孔成像的起源

我们对针孔成像的认识可追溯到我国春秋战国时期，墨翟所著《墨经》，就已记载了针孔成像的现象，并作了精辟的解释，这是世界上对针孔成像的最早论述。北宋时期，沈括在前人研究针孔成像的基础上，做了许多实验，所著《梦溪笔谈》对针孔成像有详尽的记载。他在纸窗上开一个小孔，使窗外飞鸢和塔楼影子成像于室内的纸屏上面。他指出："若鸢飞空中，其影随鸢而移，或中间为窗所束，则鸢与影相连，鸢东则影西，鸢西则影东。又如窗隙是楼塔之影，中间为窗所束，亦皆倒垂……"

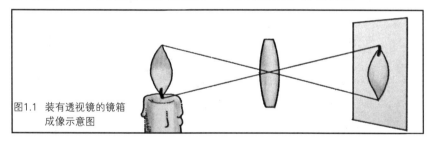

图1.1 装有透视镜的镜箱
　　　成像示意图

二.透镜与镜箱的诞生

1620年，奥地利人开普勒（J.Kepler）制作了便携式暗箱。18世纪，暗箱装上了透镜，成了镜箱（图1.1），这即是照相机的雏形。1812年，英国威廉·海德·渥拉斯顿（William Hyde Wallaston）的新月形透镜，使镜箱提高了光通量。1816年，由尼埃普斯发明了世界上第一个可控光圈的照相机镜头"人工魔眼"，从此进入了光学镜头成像的时代。1839年，达盖尔发明了银版摄影术，所用的照相机为双重木结构，长10.5英寸，高12.5英寸，重11磅。镜头由两片渥拉斯顿新月形透镜组成，镜箱可前后聚焦。

三.摄影史上的三个时代

（一）湿板感光时代

摄影的初期，拍照都要现拍现做感光板，并必须在它还湿的状态下拍

图1.2 阳光层顶 N.尼埃普斯 摄

摄才能感光。1824年，法国人N.尼埃普斯拍摄了世界上第一张正像照片《餐桌》。1826年，他又拍摄了现今世界上保存下来的最早的照片《阳光层顶》（图1.2），他用白色沥青制作的感光材料，在阳光下曝光了8个小时。1839年，由法国人达盖尔（图1.3）发布了"银版摄影术"（把景物直接拍成正像，曝光时间需要15分钟），此时又由英国人H.塔尔博特发明了"卡罗式摄影法"（先把景物拍成负像，再印成正像）。1851年，由F.S.阿切尔发明了火棉胶硝酸银湿板，把曝光时间缩短为1～2分钟。

（二）干板感光时代

进入这一时期之后，在拍照时使用的感光材料都是事先做好的干燥的感光材料。1871年，英国医生R.马多克斯发明了明胶溴化银干板，取代了火棉胶湿板，并把曝光时间缩短到了1/25秒。1880年，美国人伊斯曼在纽约开设了"伊斯曼干板公司"（柯达公司的前身），于1891年生产出了世界上最早的以赛璐珞为片基的胶卷。20世纪初叶起，随着感光材料的改进，促进了摄影科技水平的快速提高和照相器材向现代化方向的迅猛发展。到了20世纪80年代之后，感光胶卷成像的照相机已经具备了自动曝光、自动调焦和自动卷片等先进功能，黑白、彩色的高感光度和细颗粒感光胶片都发展到了一个极高的水平。

（三）光电数字时代

20世纪末期进入了数字影像时代，数字照相机开始正式流行。用今天的眼光来看，数字照相机在其诞生初期因像素偏低等问题几乎很少有实际使用价值。1995年，佳能公司推出的第一款主要面向专业摄影者的单镜头反光数字照相机DCS3就很有代表性，该相机采用一块像素仅为130万的CCD光电芯片，所摄照片的尺寸也非常之小，但在当时已经是一个非常了不起的重大突破了。今天，1200多万像素～1800多万像素的单镜头反光数字照相机已比比皆是，这些数字照相机不光是像素有了大幅度的提高，综合性能指标也达到了一个空前的水准，而售价持续走低。尼康D3X、D7000、佳能EOS5D MarkII和索尼α900等就是目前最新型、最具专业水准和高性价比的1000万级～2000万级像素的单镜头反光数字照相机（图1.4A、B）。

采用高科技数字技术为核心的数字照相机彻底抛弃了传统的感光胶卷，取而代之的是一种叫做"CCD"或"CMOS"的光电芯片作为光电耦合器件，运用光电信号转换原理，将电子数据储在储存卡上，通过相机或电脑等设备打开后就成为数字图像。数字图像不需胶卷及其冲洗工艺，但它可直接通过数字彩扩机或打印机来输出照片（图1.5）。摄影由此进入了一个新的时代——光电数字时代。

图1.3 达盖尔

图1.4A 尼康D3数字单反相机（正面）

图1.4B 尼康D3数字单反相机（背面）

第二节 摄影成像的形式与流程

一.成像的形式

（一）模拟成像

传统的摄影方式是采用卤化银感光的化学摄影系统成像。它是使用光学镜头聚焦和曝光后，通过化学显影得到负像，再经过二次曝光得到照片。所记录的是物体对光线的反射而产生光的影像。实际上就是用银的影像来模拟所看到的光的影像，因此是一种模拟的影像，称为"银盐光化技术"。胶片摄影的最大的局限性在于需要化学处理过程。它的存取时间长，要得到胶片摄影的影像，需要化学处理(冲洗)过程，不能在摄影时立即得到影像。

（二）数字成像

数字成像主要是使用光电耦合器件，将镜头所形成影像的每个非常细小的局部光线亮度信号转化为计算机可以识别的数字电子信号，通过计算机和其他专用设备再把这些数字信号还原成为光信号使影像再现出来，称作"数字影像技术"。数字影像技术能够把数字信号存储在光盘、磁盘或者其他存储介质中，等到需要时再还原成照片，也可以在计算机屏幕中观看。

二.摄影的流程

（一）拍摄曝光

拍摄曝光，是运用照相机经过拍摄曝光，使胶卷上产生一种不可见、不耐光的潜影。它的8个步骤为安装胶卷、取景构图、确定景深、选用镜头、调整光圈、组合快门、调整焦点和按动快门。

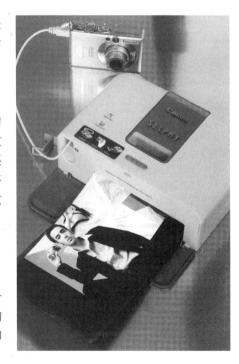

图1.5 通过照片打印机来输出照片

（二）冲显底片

冲显底片，是将拍摄曝光后的潜影，经冲洗而转化成可见又耐光的影像。它的7个步骤为配制药液、将拍好的胶卷装入显影罐、显影、停显、定影、水洗和晾干。

（三）照片制作

照片制作，是指经印放或打印使影像制作成照片。它的11个步骤为观察底片密度、选配合适的相纸、对影像裁割、调整放大镜头光圈、调整印放曝光时间、印放曝光、显影、水洗、定影、水洗和烘干。

（四）照片装帧

照片装帧，是指对制作好的照片进行艺术装裱。它的4个步骤为剪裁、题名、卡裱和装框。

第三节 摄影的分类形式

一.依据光照条件

根据光照条件，可分为自然光摄影和人造光摄影两类。

二.依据表现手法

根据表现手法，可分为纪实摄影和创意摄影两类。

三.依据拍摄内容

根据拍摄内容，可分为人物摄影（人物肖像、人物活动、人物留念和人体摄影）、风光摄影（自然风光和建筑风光）、新闻摄影（重大事件、突发事件和日常生活）、生物摄影（动物、植物和花卉摄影）、广告与静物和产品摄影等。

四.依据拍摄环境

根据拍摄环境，可分为舞台摄影、航空摄影、水下摄影、气象摄影、夜景摄影等。

五.依据产业性质

根据产业（职业）性质，可分为工业摄影、农业摄影、商业摄影、科技摄影、教育摄影、军事摄影、体育摄影等。

第**2**章

sheying qicai

摄影器材

第一节 照相机

一.照相机的分类

世界上的照相机牌号大概有几百种，型号更是不计其数。我们可以大致按以下这么几种方式分类：

（一）按成像方式分

1.胶片成像照相机

也叫传统照相机（图2.1），采用负片或彩色反转片作为感光材料，感光后利用化学手段，借助显、定影过程得到纸质照片或彩色正片的照相机。胶片成像照相机的成像方式已非常成熟，成像质量很高。胶片成像照相机尽管已流行了约160年，但目前除大画幅胶片相机在某些摄影领域还具有一定的使用价值外，胶片相机被新兴数字成像相机取代几乎已成定局。

2.数字成像照相机

也叫数字照相机（图2.2），利用光电原理和数字技术成像并处理照片。该类照相机的历史不长，但最近几年发展势头迅猛，性能也日益完善，而且，在其性能不断完善的同时，制造成本和售价不断下降，因此普

图2.1 传统照相机

图2.2 数字照相机

图2.3 单镜头平视取景照相机

图2.4A 双影未重合，尚未聚焦

图2.4B 双影重合，已聚焦

及速度大大加快。数字照相机的特点是即拍即看，极大地提高了初学摄影者的拍摄成功率，大大地降低了摄影门槛。该成像方式无需胶卷而成本低廉，后期便于通过电脑复制、修改、传送等，甚至一些新型的数字照相机本身已具备自动全景接片、色彩或反差调整等基本的后期处理功能。

（二）按取景方式分

1.单镜头平视取景照相机

也叫旁轴取景照相机（图2.3），知名度最高的为德国莱卡M3。20世纪50年代以前，它曾经是主流照相机。20世纪70年代后期起开始流行的电子控制的135袖珍照相机，也采用这种旁轴取景结构。这种照相机的优点是没有反光板上下翻动而产生的震动，启动快门时机震很小；闪光摄影时，快门时间全部同步。这种照相机的缺点，早期推出的这类照相机是利用双影重合原理聚焦（图2.4A、B），不是太方便，取景和拍摄视差较大；大部分该类照相机不能更换镜头。进入数字摄影时代的初期，小型数字相机（俗称"卡片机"），一般还都保留了这种旁轴光学取景功能（图2.5）。

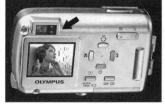

图2.5 保留旁轴光学取景器的
数字相机

2.单镜头反光照相机

这种照相机（图2.6）的优点是利用俯视取景器或五棱镜取景器取景（图2.7A、B），通过同一镜头取景和拍摄，故取景和拍摄几乎无视差（图

图2.6 135单镜头反光照相机

图2.7A

图2.7B

2.8）；可自由更换各种不同焦距的镜头；使用各种滤光镜后内测光系统会自动对曝光量进行补偿；取景效果比较直观，尤其是五棱镜取景器的照相机，取景影像与实物的方向完全一致，便于摄影者取景和构图。这种照相机一般采用焦点平面快门（图2.9），拍摄时因反光镜的上下翻动和快门帘幕的移动，机震较大；闪光摄影时，一般高于1/60s、1/125s或1/250s的快门时间无法达到同步。

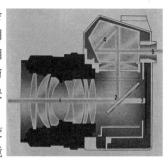

图2.8 单反相机通过同一镜头取景和摄影

单镜头反光照相机的门类比较多，除了135照相机外，还有采用120胶卷的单镜头反光照相机。如哈苏、玛米亚、勃朗尼卡、潘泰克斯等120单镜头反光照相机（图2.10、图2.11、图2.12）。120单镜头反光照相机，由于其底片面积大，能够放制大幅照片，又因为其取景和拍摄之间几乎无视差，还能够交换不同焦距的镜头，故在胶片时代这种照相机广泛运用于广告、工业产品、人像、婚纱、时装、挂历、建筑等方方面面的摄影。

进入数字摄影时代后面世的数字单镜头反光照相机，几乎照搬了原先胶片单镜头反光相机成熟的设计。

3.双镜头反光照相机

这是一种采用120胶卷的照相机（图2.13），如海鸥4A、4B。海鸥4A、4B曾经是我国最流行的照相机，直到改革开放后才被135照相机取代。该类照相机设有上下两个同焦距的镜头，上镜头负责取景，通过反光镜将影像折射到磨砂玻璃上供摄影者取景构图（图2.14A、B），而下镜头用于拍摄，上下两个镜头同步伸缩进行聚焦。由于采用120胶卷，底片大，因此成像质量较好。其缺点是：取景不便，视差较大，绝大多数这类相机不可更换镜头。

4.电子图像取景式照相机

电子图像取景方式是伴随着数字照相机的诞生而出现的。这种取景方式是划时代的，代表着未来照相机取景方式的方向。旁轴平视式取景和反光式取景，都是通过实景取景（直接观察实景取景或实景经光学成像后供摄影者取景），而电子图像式取景，是依靠数字照相机在正式拍摄前，由摄影镜头"摄入"的电子图像供摄影者取景的（图2.15）。首先，由于是由相机摄影镜头"摄入"电子图像供摄影者取景，故这种取景方式无视差；其次，数字相机装备可翻动式机背液晶取景屏已成为一种趋势，这使

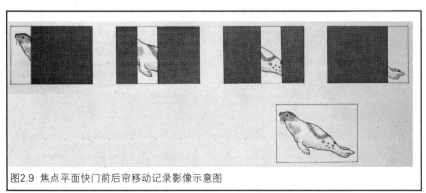

图2.9 焦点平面快门前后帘移动记录影像示意图

摄影基础

图2.10 勃朗尼卡120单反相机

图2.11 勃朗尼卡120单反相机的交换镜头

图2.12 潘泰克斯120单反相机及交换镜头

图2.13 玛米亚120双反相机

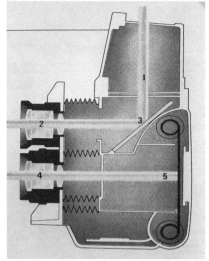

图2.14A 120双反相机上镜头取景，
下镜头摄影示意图

图2.14B 使用120双反相机时，通常以这种俯视方式取景

图2.15 通过摄影镜头摄入的电子图像供摄影者取景

摄影基础

得摄影者采用俯视（低视点）或仰视（高视点）取景变得轻而易举（图2.16）。然而，更重要的是，与旁轴平视式或反光式的实景取景相比，电子图像取景方式供摄影者取景的图像，是数字照相机根据预设的摄影条件摄下的电子图像，就是说，摄影者能在照相机录下所摄的图像之前，就能看到将要记录下来的图像的全部效果。这说明，电子图像取景屏实际上已不局限于供"取景"和观察聚焦结果，摄影者能依靠这个取景屏，看到包括预设曝光条件下景物的明暗等一切效果（图2.17）。

(三)按底片尺寸分
1.135照相机
这种照相机的底片尺寸是24×36mm。

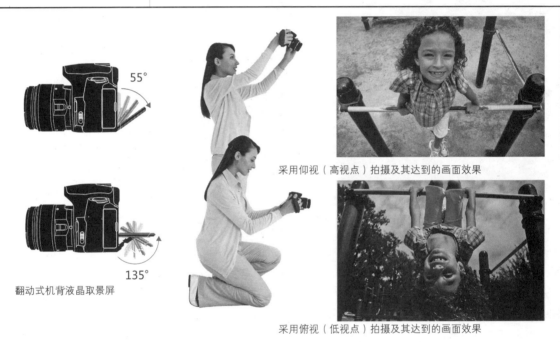

55°

135°

翻动式机背液晶取景屏

采用仰视（高视点）拍摄及其达到的画面效果

采用俯视（低视点）拍摄及其达到的画面效果

图2.16

图2.17 可在相机记录下所摄图像前，看到不同预设曝光条件下的画面明暗效果

2.120照相机

这种照相机的底片尺寸有60×45mm、60×60mm、60×70mm、60×90mm等几种。

3.专业技术照相机

这种照相机（图2.18）使用的底片，部分为120胶卷，但更多的为单张大底片，如3英寸、5英寸、8英寸、10英寸的大底片。

图2.18 专业技术相机

（四）按影像传感器尺寸分

1.普及型数字照相机

这类相机影像传感器的尺寸较多，主要可归为两类：一类的尺寸大致在1/1.6～1/2.7英寸之间。另一类的尺寸为2/3英寸。

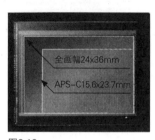

图2.19

2.APS-C数字照相机

这种相机影像传感器的尺寸为15.6×23.7mm。

3.全画幅数字单镜头反光照相机

这种相机影像传感器的尺寸为24×36mm（图2.19）。

4.采用数字后背的120照相机

这种相机（图2.20、图2.21）影像传感器的尺寸一般为36.7×36.7mm。

二.照相机的镜头

外界的景物只有通过镜头，才能在照相机的焦平面上聚焦成像。影像品质的高低，主要取决于镜片的材质、镀膜的质量、组装的精度等，低色散、非球面、防抖动和恒定的大光圈是当今品牌镜头的重要指标。图2.22为专业照相机厂推出的各种不同焦距镜头在同一视点对同一景物拍摄的效果。

（一）有关照相机镜头的几个基本概念

长期以来，供24×36mm画幅135单镜头反光照相机交换用的各类镜头，一直是最主要、使用最为普遍的照相机镜头。直至今日，数字单镜头反光相机依然采用这种以24×36mm画幅对角线为基准设计的交换镜头。故本教

图2.20 采用数字后背的120单反相机　　　　图2.21 供120单反相机使用的数字后背

16mm

70mm

20mm

100mm

24mm

135mm

28mm

200mm

35mm

300mm

50mm

500mm

图2.22 不同焦距镜头在同一视点对同一景物拍摄的效果

材中所指的照相机镜头，除特别说明的，一般都是以24×36mm画幅对角线为基准设计的各种焦距的镜头。

对于全画幅数字单镜头反光相机来说，由于其影像传感器的尺寸为24×36mm，故以这一画幅对角线为基准设计的交换镜头与之完全匹配；对于目前更为常见的APS-C数字单镜头反光相机来说，由于其影像传感器的尺寸为15.6×23.7mm，传感器画幅对角线短于24×36mm画幅对角线，这样，以24×36mm画幅对角线为基准设计的交换镜头，与APS-C数字单镜头反光相机配合，镜头焦距一般要乘以1.5或1.6的系数，才是24×36mm画幅的等效焦距。例如以24×36mm画幅对角线为基准设计的300mm焦距的长焦镜头，装接在APS-C数字单镜头反光相机上，那么，与24×36mm画幅等效的焦距就成为480mm（按乘系数1.6计），此时，该镜头已非对应24×36mm画幅的300mm长焦镜头了，而成为对应24×36mm画幅的480mm长焦镜头了（图2.23、图2.24）。

值得注意的是，以24×36mm画幅对角线为基准设计的交换镜头用于APS-C数字单镜头反光相机进行摄影，有"大材小用"之嫌，故在APS-C数字单镜头反光相机出现后，世界各相机或镜头制造商迅捷推出了仅适用于APS-C数字单镜头反光相机的交换镜头。这样，就形成了两类适用于APS-C数字单镜头反光相机的交换镜头，一类就是以24×36mm画幅对角线为基准设计的交换镜头；另一类就是仅适用于APS-C数字单镜头反光相机的交换镜头。为了有所区分，习惯上将前者称为"全幅镜头"，将后者称为"APS镜头"（图2.25）。

APS镜头制造成本相对低廉，成像素质却并不逊色。现在，APS镜头已十分常见，使用更是非常普遍。

APS镜头依然沿用了以24×36mm画幅对角线为基准的设计标准，但它对应24×36mm画幅的像场中，仅有对应15.6×23.7mm的APS-C画幅部分的像质是达标的。换句话说，APS镜头若装接在画幅为24×36mm的135单镜头反光相机或影像传感器尺寸为24×36mm的全幅数字单镜头反光相机上使用，仅能确保对应大约15.6×23.7mm的APS-C画幅部分的像质达标。为了避免出现这类失误，一些相机制造商在全幅数字单镜头反光相机的镜头接口上采用

图2.25 APS 镜头

图2.23 300mm镜头与全画幅数字单反相机配合拍摄的透视效果

图2.24 300mm镜头与APS-C数字单反相机配合拍摄的透视效果

中国高等职业院校艺术专业系列教材　摄影基础　第二章 摄影器材

AF 50mm f/1.4

AF 50mm f/1.7

图2.26 标准镜头

图2.27 用标准镜头拍摄的效果 潘锋 摄

了特别的设计，使之只能装接全幅镜头。

（二）标准镜头

标准镜头（图2.26）的镜头焦距和底片（数字照相机为影像感应器）对角线接近，因此其拍摄视角与人眼视角大致相同，透视比例也基本相同（图2.27）。其特点是成像质量较好，透视畸变小，光圈绝对口径大，较适合翻拍或在照度较低环境下利用自然光拍摄等。

（三）广角镜头

广角镜头（图2.28）比标准镜头的焦距短，具有视角广、成像小、景深大的成像特点，它特别适合拍摄风光等全景或远景的大场面大景深的照片（图2.29、图2.30、图2.31）。一般拍摄风光、会议、新闻、旅游留影以及生活摄影等其他题材时都会用到广角镜头，这是摄影者较常用的镜头。

（四）长焦距镜头

长焦距镜头（图2.32、图2.33）比标准镜头的焦距长，具有视角小、成像大、景深小的成像特点，适合拍摄特写、近景以及需要远距离取景而不便靠近拍摄的题材（图2.34、图2.35）。长焦距镜头在近距离选择较大光圈拍摄时，因为景深小，对聚焦要求比较高，无论手动聚焦还是自动聚焦，最好认真复核，确保焦点清晰。

（五）变焦距镜头

上述3种镜头都是固定焦距镜头，而目前摄影者最常用的还是变焦距镜头（图2.36），变焦镜头取景更加方便，可在不改变视点位置的条件下通过改变镜头焦距来摄取不同视角的景别（图2.37、图2.38、图2.39）。变焦镜头的主要类别有广角到中焦的变焦镜头、中焦到长焦的变焦镜头和长

图2.29 用超广角镜头拍摄的效果

图2.30 用广角镜头拍摄的效果 潘锋 摄

图2.31 用广角镜头拍摄的效果

AF 16mm f/2.8 Fisheye

AF 20mm f/2.8

AF 24mm f/2.8

AF 28mm f/2

图2.28 广角镜头

AF 85mm f/1.4G

AF 100mm f/2.8 SOFT FOCUS

STF 135mm f/2.8 []

图2.32 长焦距镜头

AF 300mm f/4 Apo G

AF 400mm f/4.5 Apo G

图2.33 长焦距镜头

图2.34 用长焦距镜头拍摄的效果

图2.35 用长焦距镜头拍摄的效果 潘锋 摄

AF 28–70mm f/2.8 G

AF 28–80mm f/3.5–5.6 II

AF 28–105mm f/3.5–4.5

AF 35–70mm f/3.5–4.5

AF 100–300mm f/4.5–5.6 Apo

AF 100–400mm f/4.5–6.7Apo

图2.36 变焦距镜头

24mm

35mm

50mm

70mm

105mm

图2.37　24～105mm镜头各主要焦距
段拍摄的效果

35mm

50mm

70mm

图2.38　35～70mm镜头各主要
焦距段拍摄的效果

28mm

50mm

105mm

图2.39　28～105mm镜头各主要
焦距段拍摄的效果

图2.40 移轴镜头

焦变焦镜头。一般使用APS-C规格的单镜头反光数字照相机者可选择18～55mm（18～35mm）、70～210mm的变焦镜头以满足日常各种题材拍摄的需要。早期变焦距镜头的成像质量一般较定焦距镜头略差，有效口径也不够大。而随着科学技术水平的提高，现在，与定焦距镜头相比，变焦距镜头的成像质量毫不逊色，并且出现了大有效口径、高变焦倍率的变焦距镜头。

（六）特效镜头

1.移轴镜头

移轴镜头（图2.40）具有校正透视变形的功能，主要用来拍摄建筑。移轴镜头可在比较垂直角度取景的前提下，把镜头的像平面中心向调焦平面中心之上或之下移位，从而将建筑的顶部或底部较多地移进取景框内而垂直线条仍然保持垂直（图2.41、图2.42）。中画幅照相机的移轴镜头有玛米亚75mm/F4.5、禄来75mm/F4.5和具有移轴功能的哈苏1.4增倍镜等；135照相机的移轴镜头有尼克尔PC28mm/F3.5、35mm/F2.8等。

图2.41 用普通镜头拍摄的效果

图2.42 用移轴镜头拍摄的效果

2.微距镜头

微距镜头（图2.43）主要用于近距离拍摄细小物品的镜头。微距镜头在控制透视，色彩还原以及清晰度等方面都有良好表现（图2.44、图2.45），使用时与一般镜头无异，也可用来拍摄一般场景。常见微距镜头有3种：一种焦距为55～60mm，类似标准镜头；一种焦距为90～105mm，如著名的腾龙MFSP90mm微距镜头；还有就是焦距180mm、200mm的微距镜头。焦距长的微距镜头即使在较远摄距也能获得较大成像，拍摄小昆虫等效果较好。微距镜头的档次不同，规格也不同，成像倍率也不同，但大部分微距镜头为1∶1的近摄倍率，也有1∶2或2∶1的倍率。尽管目前便携式数码照相机大都可在很近的摄距拍摄，但其近摄成像质量肯定不如微距镜头的近摄成像质量。

图2.44

图2.45

中国高等职业院校艺术专业系列教材 ■ 摄影基础 ■ 第二章 摄影器材

AF 50mm f/2.8 Macro

AF 50mm f/3.5 Macro

练习与实践

1. 简述数字照相机电子取景方式的优越性。
2. 试用某种焦距的全幅镜头分别与全幅数字单反相机机身和APS-C数字单反相机机身配合，在同视点对同一景物进行拍摄并比较两种画面的效果。

图2.43 微距镜头

第二节 光圈和快门

目前我们所使用的任何照相机都有光圈和快门，可以说这是照相机最基本的功能。通俗地说，光圈控制镜头进光孔的大小，快门控制镜头进光时间的长短，两者组合在一起，控制镜头的通光量，从而保证胶卷或感光芯片获得适度曝光，使照片具有丰富的层次。

但是光圈和快门除了满足感光需要外，在图像的效果表现上也有极其重要的意义，尤其是光圈，当不同大小的光圈和不同焦距的镜头在不同摄距等条件下拍摄，会产生不同效果。快门的调节和运用则主要针对物体的运动速度，采用不同的曝光时间对物体运动状态的表现会产生截然不同的效果，因此光圈和快门时间尽管是两个很基本的要素，但它们的不同组合却会形成千变万化的图像效果。

一.光圈系数

（一）光圈系数的刻度

光圈系数的刻度（f）有f/1、f/1.4、f/2、f/2.8、f/4、f/5.6、f/8、f/11、f/16、f/22、f/32、f/45、f/64。

光圈的实际通光数值均为它们平方的倒数，例如光圈系数F2的实际通光数值是最大通光量的1/4，光圈系数f/2.8的实际通光数值是最大通光量的1/7.84，光圈系数F4的实际通光数值是最大通光量的1/16。

上列的光圈系数，相邻之间均相差2倍（或近似2倍），即1级曝光量。例如F2的实际通光量为1/4，f/2.8的实际通光量为1/8（取1/7.84的正数），f/4的实际通光量为1/16，这样对f/2.8来说与它相邻的f/2和f/4均相差2倍（或近似2倍）。

由于光圈系数是通过镜头光圈孔径的光束直径与镜头焦距之比，由于光束直径与焦距都是以毫米为单位，这样，同单位相除所得到的光圈系数是无单位的。

（二）光圈的作用

1. 控制曝光量的多少

选择的光圈大，进光量就多，需要的曝光时间就越短，反之亦然。一般在环境亮度低，手持照相机无法保证照相机稳定性时，常常要选择大光圈；当照度强，被摄对象亮度高，照相机快门时间已无法提高时，就要尽可能选择小光圈以防止曝光过度。

2. 控制景深的大小

光圈大则景深小（图2.46A），光圈小则景深大（图2.46B）。当需要利用景深来控制被摄对象的清晰范围时，就要注意对光圈的选择。与景深相关的其实还包括摄距和镜头焦距，光圈越大焦距越长摄距越短，景深就越小；光圈越小焦距越短摄距越长，景深就越大。

图2.46A 光圈大则景深小

图2.46B 光圈小则景深大

3. 控制镜头的像差

早期的镜头因生产工艺和光学材料等诸多因素制约，最大光圈的成像质量相对要差些，主要表现为边缘容易虚化畸变等；而使用到最小光圈时，因受光线衍射等影响，成像质量也会有一定的下降。不过现在的一些镜头采用超低色散镜片及非球面镜片等，情况有所改善。总的来说，在追求成像质量时，一般认为采用比最大光圈小两档的光圈拍摄成像质量最好。

二.快门系数

（一）快门系数的刻度

快门系数的刻度（T）有1、2、4、8、15、30、60、125、250、500、1000、2000、4000。上列的快门系数，相邻之间均为2的（或近似）倍数，即1级曝光量。快门的实际数值均为它的倒数。快门时间的长短是以"秒"为单位的。

（二）快门的作用

快门的作用主要是控制曝光时间的长短，从而控制曝光量的大小；依靠设定长短不同的快门时间，形成画面不同的成像效果（快门时间短，可形成动态被摄物"凝结"的成像效果；快门时间长，可形成动态被摄物"部分虚影"的成像效果，如图2.47）。

快门时间短
（动态被摄物成"凝结"效果）

快门时间长
（动态被摄物成"部分虚影"效果）

图2.47

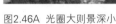

第三节 照相机的基本操作技巧

一. 胶片照相机的基本操作技巧

（一）照相机的调焦方式

　　早期照相机都依靠手动调焦，通过调整镜头的镜片组使得被摄物在焦平面（胶片所在位置）上形成清晰的影像。自20世纪70年代后期开始流行自动调焦照相机，照相机利用相位差、超声波或红外线等技术控制镜头对摄影者所选部位作精确聚焦，从而获得焦点清晰的照片。自动聚焦减轻了摄影者的劳动强度，为视力不佳者提供了方便。

　　自动调焦的方式比较多，如佳能EOS系列照相机中的眼控调焦的模式，照相机会根据摄影者眼球活动及注视方位选择焦点。尽管调焦方式多种多样，但都是按照摄影者所选的特定区域为目标，区域少的为4～5个选区，区域多的达10多个选区。所选择区域在取景屏上通过方框或小型亮点显示，摄影者在聚焦时可根据需要拨动旋钮来选择调焦点。也就是说使用自动调焦照相机时，并不是不需作任何操作而完全由照相机"自动"处理，其实仍需摄影者认真确定聚焦点，只不过是将手动旋转调焦环的过程改由照相机自动完成而已（图2.48A、B）。

　　自动调焦照相机的操作要点是保证曝光时的焦点和聚焦时的焦点一致性。如完成聚焦后需重新构图，照相机在移动过程中有可能重新自动聚焦，所以要半按快门或按住机身上的"AF/AE"锁钮，然后再调整构图完成拍摄。

　　前景中有外形相似的栏杆、玻璃等物体干扰，照相机的自动调焦系统有可能失灵，必要的话，应采用手动调焦方式来完成聚焦。此外在拍摄静物时，为更精细地安排焦点，也可采用手动调焦来完成。

（二）光圈及快门时间的选择

　　选择光圈和快门时间有两个含义：一个是技术层面，主要满足曝光需要。因为底片经曝光形成潜影，再通过显、定影成为永久的影像。底片曝光通过光圈和快门组合完成，光圈和快门时间均可作不同调节。其关系为在同样照度下，光圈越大，进光量也越多，所需曝光时间就越短，选择的快门时间也越短；选择的光圈越小，所需曝光时间就越长。如拍摄某画面，采用光圈F4、快门时间1/125s的曝光组合和采用光圈F8、1/30s秒的曝光组合，两者作用于底片的"感光"是一致的。

　　光圈和快门时间的另一个作用是在画面上产生特定成像效果。选择的光圈越小，景深就越大；选择的光圈越大，景深就越小。因此一般在拍摄风光等需要前景中景远景都相对清晰的画面时，常常选择小光圈；拍摄人物特写等需要突出主体虚化背景时常采用大光圈。

　　快门时间对成像也有一种特殊作用，不同快门时间在表现动体时具有不同意义，快门时间越长，物体运动速度越快，成像就越虚化，形成的动感就越强烈。相反的是，快门时间越短，物体运动速度越慢，动感就越不容易体现。因此通过不同快门时间的选择，摄影者可在一定程度上对被摄对象的运动状态作不同效果的表现。

图2.48A　摄影者将聚焦点对准前面的人物

图2.48B　摄影者将聚焦点对准后面的人物

（三）测光及曝光补偿的运用

　　高质量的照片不但要焦点清晰，还要曝光准确，因此拍摄时需合理运用测光模式。较常见的3种测光模式为：平均测光、中央重点测光、点测光。顾名思义，平均测光适合拍摄整个画面亮度较均匀的内容，中央重点测光适合拍摄主体在中间的对象，而点测光适合拍摄主体与背景比例悬殊且亮度差异大的内容。如拍摄舞台上追光灯照明的演员时，选择点测光就可避免因深色背景影响而造成演员的曝光过度。

　　尽管照相机内测光系统能提供较科学的曝光数据，但照相机是将所有被摄对象按相当于18%中性灰度还原设计的。在照相机测光系统"看"来，无论是白雪皑皑的雪山还是黑沉沉的矿山都按中性灰基调来反映，所以拍摄有大面积白雪的雪山时，照相机会自动减少曝光量；拍摄有大面积黑色的煤矿时，照相机会自动增加曝光量，这样显然与原物明暗大相径庭了。因此在拍摄那些亮度较特殊的对象时，仍需摄影者灵活处理，即进行"曝光补偿"，一般拍摄浅色调对象时需作曝光"正补偿"，拍摄深色调对象时需作曝光"负补偿"。拍摄明暗反差较大的画面时，通过"曝光补偿"，就能拍摄出符合实际影调的亮度来（图2.49A、B，图2.50A、B）。

图2.49A　未经曝光补偿

图2.49B　经"正补偿"

图2.50A 未经曝光补偿

图2.50B 经"负补偿"

（四）拍摄时要保证照相机稳定

上述所有工作全部完成后就可启动快门拍摄，但在拍摄时要绝对保持照相机的稳定，启动快门前最好预先半按快门，屏住呼吸。一般来说手持照相机拍摄，不能采用低于1/125s的快门时间。而且所选快门时间越长，保持照相机稳定就越困难。使用标准镜头或更长焦距的镜头时，如采用1/30s或更长的曝光时间，最好用三脚架稳定照相机，然后用快门线或"自拍"完成拍摄。如果是拍摄静物，无论采用什么快门时间，都应该采用三脚架来稳定照相机。

"自拍"分为机械和电子两种方式，机械类非电子照相机均采用机械

自拍，自动调焦照相机采用电子快门线或触发电子按钮启动自拍，自拍通常延时10s左右（有的照相机也可自行选择合适的延时）自动释放快门完成拍摄。如果没有三脚架，也可将照相机稳定在固定物体上完成拍摄，曝光瞬间照相机的任何轻微晃动都会影响成像清晰度。

二.数字照相机的基本操作技巧

（一）数字照相机的主要种类

目前数字照相机主要有这样几类：成像质量最好的是采用数字后背的120照相机，其像素达2000万以上，但价格昂贵。数字单镜头反光相机中的几款佳能相机，影像感应器为24×36mm的规格，被称为全画幅数字单镜头反光照相机，如佳能EOS5D Mark II全画幅数字单镜头反光照相机。图2.51、图2.52是用佳能EOS5D Mark II全画幅数字单反相机拍摄的效果。较流行的是影像感应器为APS-C规格的数字单镜头反光相机，影像感应器面积约为15.6×23.7mm，尽管比传统照相机底片尺寸小些，但其CCD（CMOS）面积为便携式数字照相机的6倍以上，照片质量已能满足一般新闻、纪实、广告、风光等题材的要求（图2.53、图2.54）。另一个类型是2/3英寸CCD的类单反数字照相机，典型代表为索尼F828，这类照相机拍摄的照片层次和清晰度能满足一般使用要求，但其致命弱点是快门有时滞，不如单反机响应迅捷。目前流行的所谓"微单"数字相机(图2.55)，发展势头迅猛，它正逐渐被许多高端用户接受。这类相机依然是小型数字相机的结构，但影像感应器采用APS-C规格

图2.51 用佳能EOS 5D Mark II 全画幅数字单反相机拍摄的效果

图2.52 用佳能EOS 5D MarkⅡ全画幅数字单反相机拍摄的效果

或4/3英寸规格，特别是还能像单镜头反光相机那样更换配套镜头（加接专用接环后，还能采用数字单反相机的交换镜头（图2.56），就是说几乎具备了一般数字单反相机所有的优点，但体积仅比一般卡片式数字相机略大，可以说是兼顾了数字单反相机成像质量和数字卡片相机便携性两个方面，故这类相机面世不久就被人们称为"微单"，意为"微型的单反"，其实，这里的"单"，并不具"单反结构"的意思，而是指这类相机的成像质量可以与目前流行的APS-C规格的数字单反相机媲美。例如，被誉为"精彩随心，精巧随行"的索尼NEX-5C"微单"相机（图2.57），采用有效像素为1420万的APS-C规格的影像

图2.53 用APS—C规格数字单反相机拍摄的效果

图2.54 用APS—C规格数字单反相机拍摄的效果

图2.55 索尼微单数字相机及其配套的交换镜头

感应器，成像质量十分出色，还具备自动接片功能（图2.58）。还有一类照相机为便携式数字照相机，其影像感应器尺寸大致在1/1.6～1/2.7英寸间，相对来说分母越小的影像感应器成像质量越高。总的来说，对不同档次的数字照相机的成像质量无法进行简单的类比。

（二）设定合适的图像尺寸和储存格式

数字照相机上安装了影像感应器，通过光电转换经计算处理后将数据储存在储存卡上。其使用方法和胶片照相机比较，某些方面稍有不同，如能在实践中予以注意，有利于提高照片的质量。数字照相机用像素表示照片分辨精度，像素越高的照相机拍摄的照片越适合放大。但高像素照相机也能拍摄低像素照片，如果摄影者在拍摄时将照片尺寸设定过小，后期也难以得到大尺寸高清晰照片。小尺寸照片在电脑屏幕上观看有很好的清晰度，但难以满足放制大照片的要求。一般来说，准备放大到6英寸的照片，最好选择不低于500万像素的尺寸（2560×1920）。如果是用于高档印刷品或广告画面，就应该选择最高像素拍摄，同时用最高的精度来存储。原来因储存卡价格比较高，为节省存储空间，摄影者有时不得不拍摄较小的照片文件，如今存储卡价格大幅下跌，为摄影者存储大规格的照片文件提供了基础。

数字照相机拍摄的照片可通过不同存储格式保存，有的是压缩格式，如"jpg"格式；有的是无损压缩格式，如"RAW"格式；有的是不压缩格式，如"tiff"格式。采用无损压缩或不压缩格式储存的照片文件更能满足后期高质量输出的需要。对一般摄影者来说，因存储卡容量或电脑硬盘空间有限，采用"jpg"格式存储未尝不可，"jpg"格式可采用不同压缩率存储，通常设有"精细"、"标准"、"普通"3种压缩率，一般采用"精细"模式存储对图像质量的影响几可忽略。不到万不得已不提倡选择"普通"模式存储。

图2.59A、B为1800万有效像素的佳能EOS60D数字单镜头反光相机所摄图片的局部放大打印的效果，从中我们可以看出，新一代数字单反相机的成像质量有了质的飞跃。

（三）选择合适的"白平衡"模式

白平衡是数字照相机特有的功能之一。我们知道，在不同颜色的光线下用彩色胶卷拍摄，照片色彩会受光线影响出现偏色，为了使照片色彩正常还原，彩色胶卷分为灯光型和日光型，而且还有不同颜色的滤光镜可用

图2.56 通过专业接环，微单相机也能采用数字单反相机的交换镜头

图2.57 索尼NEX-5C相机

中国高等职业院校艺术专业系列教材 ■ 摄影基础 ■ 第二章 摄影器材

图2.58 索尼NEX-5C微单相机具有自动接片功能，可以在数秒时间内，将摄影者在水平方向连拍的多幅照片拼接成一幅全景照片

图2.59A 1800万有效像素的数字单反相机所摄效果

图2.59B 取局部放大打印的效果

来校正色温。而数字照相机则采用"白平衡"模式来校正光线对色彩还原的影响，设定到指定光源位置上，照相机会按相应光源色温来处理照片色彩基调，以获得色彩平衡的照片。

数字照相机有"日光、多云、阴影、阴天、白炽灯、荧光灯"等多种白平衡模式供摄影者选择，还有"手动白平衡"供特殊光线下使用。有些数字单反照相机在摄影者选择相应白平衡模式后，还可通过菜单像曝光补偿一样作微调，以获得更精准的色彩。

一般在自然光下拍摄，将白平衡设定于自动档，通常都能得到较准确的色彩还原。尤其是缺乏经验者或经常需抢拍突发事件者，可考虑将白平衡设定于自动档，这样很方便，且保险系数较大。如果用白炽灯白平衡模式在阳光下拍摄，得到的照片就会偏蓝，那便是明显失误。如果拍摄的照片有轻微偏色，后期可在Photoshop图像处理软件中作修整。

（四）恰当利用各种调节参数

数字照相机还可在相机上调整所拍照片的对比度、颜色鲜艳度、锐度等参数，这些参数的设定与一张照片最后层次丰富与否密切相关。较高级的数字单反机可由用户自定义对比度，将"色调曲线"载入照相机后便可"一劳永逸"。应该说在不同光比和反差条件下拍摄时，通过调整对比度固然有利于提高照片质量，但如调节过度，片面强调反差，也不利于照片层次的表现。在阴天拍摄照片，或需翻拍高反差的表格时，可适当提高对比度；在夏季强烈日光下拍摄，则可适当降低对比度。但一般不建议在照相机上更改对比度等设定，如果作了对比度等调整后，在一次拍摄完毕后，最好立即将相机复原为标准状态，防止以后的拍摄出现失误。应该说，照相机的出厂设定是综合了各种实际拍摄需要和质量指标后的一种比较科学的设定，对于缺乏丰富经验的摄影者而言，不是特别需要，不要更改照相机的相关参数。相对来说，即使拍摄时反差偏弱，颜色饱和度稍逊，后期尚可调整；如果因更改参数导致所拍的原始图像文件反差过强或颜色不丰富，后期则没有多少调整余地了。

（五）尽可能保证曝光准确

除了硬件会影响数字照片质量外，拍摄时曝光准确与否这些"软"的因素也会影响照片的质量。有些摄影者有种错误观点，认为用数字照相机拍摄时无需太认真，图像可在后期处理时调整。其实数字照片原始质量最为重要，拍摄时对曝光准确的要求很高。曝光不足，照片暗部缺乏足够层次，嘈点明显；曝光过度时，高光部位一片"死白"，后期根本无法补救。只有曝光准确的照片才有丰富的层次，也只有在原始图像文件层次较丰富的基础上，才有后期进行微调的可能。这就需摄影者根据被摄对象的实际情况采用相应的测光方式来拍摄，同时还要根据被摄对象影调特点作相应的曝光补偿等。如果是拍摄较重要的对象，还可采用"阶梯式曝光"（即按曝光不足、正常、过度各摄一张）拍摄法，以保证得到曝光准确的照片。

（六）注意用光和控制光比

数字照相机采用影像感应器接受光电信号，和传统胶卷的成像比较，稍有差异。主要表现为在色彩或层次的明暗范围记录方面，比彩色负片略逊，也就是说，目前一般数字照相机的影像感应器能记录的明暗反差范围尚不如彩色负片那样宽广，仅和彩色反转片比较接近。因此在拍摄反差过大内容时，如兼顾对象高光部分，将可能失去暗部层次；如兼顾暗部层次，则高光部分将受影响。所以在拍摄高反差对象时，最好能适当补光以缩小反差。其实拍过彩色反转片的摄影者都知道，由于彩色反转片的特性是反差偏强，拍摄高反差对象不理想。相对来说，使用数字照相机时要像对待彩色反转片一样，多利用较柔和的光线，也可多选顺光（图2.60）、前侧光（图2.61），少拍逆光或大侧光等高反、差强对比场景。

如果需要拍摄高反差的内容，尤其是人物、商品或花卉静物等，最好利用反光屏等来营造补光。实践证明，只要光比合适，曝光得当，即使是比较低档的数字照相机也有可能拍摄出高质量的数字照片来。

图2.60 选用顺光拍摄的效果

图2.61 选用前侧光拍摄的效果

练习与实践

1. 除控制镜头通光量外，光圈和快门在控制画面效果方面有哪些主要作用？
2. 实践并体会曝光补偿功能在修正自动曝光偏差、精准控制被摄主体曝光量方面的作用。
3. 简述"微单"数字相机的优越性。

第四节 感光材料和感光元件

一. 感光胶片

这是供传统照相机使用的一种靠金属银盐的化学性能来直接获得影像的感光材料。

（一）胶卷的种类

1.黑白胶片

经拍摄冲显后只得到由黑、白、灰三个色阶组成黑白影像的胶卷。

（1）全色片

在感光乳剂中加入了能感受黄、绿及红色光的光谱增感剂绿色素，能感受全部可见色光。市场上销售的黑白胶卷几乎都是全色片，它的感色性能好、反差较小,但感光度较高。

（2）分色片

在感光乳剂中加入了光谱增感剂红色素，对蓝、紫色光以外的黄、绿色也能感受，但对蓝、紫色光更为敏感，不感受红色光，适于拍摄一般无红色物体在内的景物。其感光度、银粒、宽容度、反差、感色性与解像力等都介于色盲片与全色片之间。

（3）色盲片

只能感受蓝、紫色短波光，对其他色光迟钝或不感受，多用于电影拷贝片、幻灯片，可用作文字、图表的翻拍，感光度低，感色性差，宽容度小，但银粒较细腻，解像力高，反差大。

（4）红外线片

它能感受红外区内的不可见光，同时也对可见光中的蓝色短波光及紫外线敏感，因此，必须加用深红滤色镜把蓝色光线及紫外线滤去，使红外线感光片只在红外线及少量红色光下曝光。

2.彩色胶卷

经拍摄冲显后得到由红、绿、蓝三原色组成彩色影像的胶卷。

（1）彩色负片

彩色负片经拍摄冲显后，得到的影像明暗与被摄物相反，而色彩则与被摄物互为补色。

（2）彩色反转片

彩色反转片经拍摄冲显后，可以直接得到透明的彩色正像，其明暗、色彩均与被摄物相同。它的影像明度和色彩饱和度都比负片好，人们常用彩色反转片直接制版印刷，或当做幻灯片观看，当然也可以用反转相纸把彩色反转片放大成色泽鲜艳的照片。

摄影基础

（二）胶卷的性能

1.感光度

它是感光材料的光化速度，也就是对光强的敏感程度。在同样的条件下，使用高感光度得到的影像密度大，使用低感光度得到的影像密度小。常用的中国的GB制和德国的DIN制是每3度为一级曝光量；美国的ASA制和国际标准ISO制都是2倍为一级曝光量（表2.1）。

ISO（国际际准）	GB（中国）	ASA（美国）	DIN（德国）	JOCT（俄国）
50/18	18	50	18	45
100/21	21	100	21	90
200/24	24	200	24	180
400/27	27	400	27	360

表2.1

2.宽容度

能够按比例地表现景物明暗对比，真实地反映景物中丰富的明暗层次的范围。黑白片为1:128、彩色负片为1:32、彩色反转片为1:16。

3.灰雾度

由于乳剂化学性质的不稳定，因此它就与感光材料的质量及保存的时间和方式、显影的条件和技术都有密切的关系。灰雾现象的存在影响了图像明暗阶调的再现，使画面对比度下降。所以灰雾度应该控制在一定范围内，一般要求把它控制在DO≤0.2以内。

4.分辨率

它也称鉴别率、解像力，表示底片分辨和记录景物细节的能力。我们是以每毫米内能分辨黑白线条的数目（线对）来表示底片分辨率的,底片的分辨率主要与感光材料的颗粒度和乳剂层的厚度有关。颗粒愈细、乳剂层愈薄，底片分辨率愈高。此外，颗粒间的散射与感光层之间的反射，以及洗印条件对底片分辨率都有影响。

清晰度是指所记录的景物中，不同密度的相邻细部之间分界的明锐程度，即黑白线条对间的边缘轮廓是否清晰。

5.颗粒度

感光底片经曝光洗印以后，形成影像的银粒粗细程度称为颗粒度。以颗粒度细小者为好。颗粒度越细小越好，它的大小跟显影的温度和时间有关。

6.感色性

底片对于各种波长的光线具有不同的敏感性，其程度和范围称为感色性。氯化银和溴化银本身都能对短波有反应，然而加入有机染料后，它的感光的波段可以有所增加。

（三）胶片的使用和保存

无论是黑白胶片还是彩色胶片，它们都是有一种叫做溴化银的化学感光物质。我们应当做到这么几点：尽量使用生产期较近、有效期较远的胶卷；一次使用尽可能把照相机内的胶卷拍完，并尽快冲显；胶卷要避免放置在高温、潮湿和近化学物品（特别是放射性物质）的地方；胶卷要低温保存，长时间不用的胶卷最好置于冰箱中存放。用时需提前半小时从冰箱中取出，不要急于打开塑料包装，让它自然回复到常温后方可拆开包装使用。

二． 感光芯片

这是在数字照相机中使用的一种间接获得影像的光电感光组件，当前在数字照相机中使用的有"CCD"和"CMOS"两种。由于CCD组件需用三路供电的先分流然后再合成的工作顺序，而CMOS组件只需用一路供电直接工作。因此CCD对图像处理的速度慢、组件多、占用空间大，成本也就高，所以CMOS将会取代CCD的。

与感光胶片相比，感光芯片有自己的特点：

（一）可任意调节感光度

"CCD"和"CMOS"有着胶卷无可比拟的优势，它可以随意调节感光度，在某种意义上来说一个机身可同时代替高速或低速胶卷的拍摄效果。一般便携式数字照相机用到ISO400的感光度拍摄，可以保证获得较好质量，而数字单反照相机则可选择更高的感光度拍摄。通常选择ISO800甚至于ISO1600也可得到很好的质量（图2.62用ISO800拍摄的效果、图2.63用ISO1000拍摄的效果），这无疑大大拓宽了摄影者的表现手法和拍摄题材。

（二）可任意调节图像大小和储存精度

"CCD"和"CMOS"作为感光芯片，它是一个记录图像的中转站，照相机中的处理器会根据摄影者的设置灵活计算处理图像。一卷胶卷可拍摄的画面数量是固定的，而当摄影者的储存介质容量受限制时，可以设定较小的图像尺寸或相对较低的保存精度，以便拍摄记录更多的素材。而且除了折旧因素外，数字芯片几乎无需胶卷成本的特点，为摄影者大批量地拍摄各种素材提供了基本保证。

（三）可任意记录不同色彩效果

"CCD"和 "CMOS"不但可替代多种感光度，而且可模拟不同色彩特性的胶卷片种。现在发表的新版数字单反照相机大都可直接拍摄高质量的黑白图像，有些还可拍摄负像、色调分离效果的图像等。有的数字照相机在拍摄彩色图像时还有模拟彩色反转片的模式、标准色彩模式或鲜艳色彩模式等，所拍摄的图像不进电脑，不须图像处理软件加工，就可得到很微

这两幅照片是用尼康D80型单镜头反光数字照相机拍摄的，其中室外夜景的感光度提高到了ISO800；室内演出的感光度提高到了ISO1000（两幅照片拍摄时，照相机上的"高感光度噪点控制强度设定"，设定为"标准"），然而成像质量依然上佳，噪点的控制亦令人满意。

图2.62 用ISO800拍摄的效果

图2.63 用ISO1000拍摄的效果

妙的色彩变化，这在一定程度上开拓了摄影者的创作思路。

（四）感光芯片需要特别保护

单镜头反光数字照相机的芯片在更换镜头时很容易污染灰尘，如发现有灰尘污染芯片后，要采取合适措施予以处理。一般建议采用吹气球吹去灰尘或按照说明书操作，不建议自己动手擦拭芯片，以防芯片表面的低通滤镜受损。一旦低通滤镜划伤受损，每张照片成像时该部位都暴露划伤的痕迹就麻烦了。

第五节　滤色镜

一.黑白摄影滤色镜

（一）黑白摄影滤色镜原理

它能通过与滤色镜的色相相同与相邻的色光，并阻挡大部分其他光谱的色光。滤色镜的颜色越深，这种通过与阻挡的性能就越强烈。

（二）黑白摄影滤色镜的作用

由于胶片对光的感色能力与我们的眼睛感色能力不一样，例如人眼对黄绿色光的感觉能力特别强，对紫外光线的感色能力相对比较弱，而胶片却对紫蓝光线特别敏感，而对黄色光线较为迟钝。为了真实地表现景物色调，这就需要对这些色光进行滤色校正。例如拍摄天空中的云彩，加用黄（Y）滤色镜，天空就会变灰暗，这样就使白云表现得较为明显了，黄的滤镜颜色越深，效果越明显；如果用红（R）滤色镜，天空就会变黑暗，云彩就会显得更白。

由于空气当中紫蓝光线的缘故，使我们看到的近处的景物较为清楚，而远处的景物较为模糊，且距离越远越为明显，此时你可运用黄（Y）、橙（YA）或是紫外光线提高远景的清晰度。如运用蓝（B）、青（C）滤光镜，则能增强空气的透视效果。

当主体景物与背景色调相近而不易区分时，可加用与主体颜色相同的滤色镜，或是加用与背景相同颜色的滤色镜来改变主体与背景的影调节器反差，从而突出主体。例如拍红花绿叶时用红（R）滤色镜，使红花的色光通过，而使绿叶的色光受阻，这样在底片上提高了红花的密度，减少了绿叶的密度，使印放之后照片上花的亮度提高，叶的亮度压暗。用黑白胶片翻拍时，遇到那些有污迹的图片，可加用与污迹颜色相同的滤色镜来减弱或消除污迹（表2.2）。

二.彩色摄影滤色镜

彩色摄影滤色镜，主要用于彩色摄影。常用的有"校色温的滤色镜"，另外还有"色彩补偿的滤色镜"和"创造色彩效果的滤色镜"。

（一）校色温滤色镜的分类与表式

在彩色摄影中，通常要求光源的色温与胶片的平衡色温相一致，如果

滤色镜作用	通过色光	吸收色光
黄(Y)	黄、橙、红、绿	蓝、紫外光
黄绿(PO)	黄、绿、红	紫、大部分蓝、少量红
橙(YA)	红、黄、部分绿	紫、蓝、少量绿
红(R)	红、橙、黄	绿、蓝、紫
绿(G)	绿、黄	红、蓝、紫
蓝(B)	蓝、青	红、橙、黄、绿与少量紫外光

表2.2

不一致的话，就会产生偏色。校色温滤色镜是专门用于调整进入镜头的光线的色温，以满足彩色片对光线色温的要求。它有"橙色"和"蓝色"两大系列。橙色系列用于降低色温，蓝色系列用于提高色温。滤镜的颜色越深，这种提升或降低色温的能力也就越大。

1.色温换型滤色镜

这是指需要大幅度升、降色温的校色温滤色镜，它是为"灯光片"在日光下使用和"日光片"在灯光下而使用的。橙红色的雷登85系列是降低光源色温用的，海蓝色的雷登80系列是提升光源色温用的。

2.光线平衡滤色镜

这是指只为小幅度升、降色温的校色滤色温镜，雷登81系列与雷登82系列的滤色镜就是属于色温平衡滤色镜。雷登81与85滤色镜是用于降低光源色温的（表2.3）。雷登80与82滤色镜是用于升高光源色温的（表2.4）。

（二）色彩补偿滤色镜的特性与作用

色彩补偿滤色镜只对三层感光乳剂中的某一层或某两层起作用，从而起到调节色彩还原效果的作用。

当互易律失效时，用以补偿偏色，使色彩平衡；在某些特种光源，如荧光灯下拍摄时，用以校正色彩效果；进行微量的色彩调整，用于强调被摄体某些部位的色彩效果；有些专业型彩色反转片需用色彩补偿滤色镜来校正三层感光乳剂的色彩平衡，确保高度准确的色彩再现；根据创作意图，用于制作色彩独特的照片；拍摄彩色电视屏幕上的彩色影像，已有专用的"彩电色彩补偿滤色镜"，如"Kenko TV-CC滤色镜"。

三.黑白与彩色摄影通用滤色镜

（一）紫外线滤色镜（UV镜）

是一种由氧化镍玻璃制成的能吸收可见光和邻界两侧区域的光线（300~400毫微米之间）的滤光镜，它分为染料吸收型（切割型）与干涉型两种。

滤镜号	色温降低度	曝光补尝级
81	100～150	1/3
81A	200～230	1/3
81B	300～250	1/3
81C	400～350	1/3
81D	500～550	2/3
81EF	550～700	2/3
85C	1700	2/3
85	2100	2/3
85B	2300	2/3

表2.3

滤镜号	色温升高度	曝光补偿级
80A	2300	2
80B	2100	2
80C	1700	1
80D	1400	1/3
82C	400～550	2/3
82B	300～350	2/3
82A	200～220	1/3
82	100～150	1/3

表2.4

　　吸收型UV镜由明胶加染料制成，它可以吸收全部可见光和红外线光；干涉型UV镜由干涉光栅和玻璃片制成，它只是吸收紫外线中的短波光线，运用它们可以提高景物特别是远景的清晰度。

（二）密度镜（灰镜ND镜）

　　是一种不带任何色彩成分而只含有一定光学密度的成灰颜色滤光镜，它能起到减少光线整体的亮度而不影响光线色彩，不改变景物反差的作用而只改变景物的整体密度，运用它拍摄高亮度的景物时可丰富层次，增强质感。

（三）偏光镜

　　是由极细的玻璃光栅组成的滤光镜，呈青灰色。它常有两个镜圈可使

其360度调转，从而让与光栅平行的光线通过，而使与光栅垂直的光线被阻拦、斜向的光线被减弱。运用它能消除或是减弱金属和玻璃及水面的反光耀斑和起到压低天空影调的作用（图2.64A、B）。

图2.64A 未使用偏光镜　　　　　　　　　图2.64B 使用偏光镜

（四）柔光镜

柔光镜是拍摄人像专用的滤光镜，它能柔化人物脸部的某些缺陷，使人物的形象具有柔和光嫩的视觉效果。

（五）近摄镜

近摄镜是由一块无色透明的凸透镜做成的滤镜，运用它能靠近被摄物体，提高影像倍率，但是它的景深极小，而且因它本身球差的增大，所以四周结像率很低。

（六）星光镜

星光镜是一块无色透明的滤光镜，是刻成十字或是米字状玻璃镜片，能使点光源（太阳或圆形的灯）的光线沿着十字或米字状发散光束。

（七）多影镜

多影镜是一种能产生多个重叠影像的滤镜，常见的为2～6影镜。

（八）超速镜

运用超速镜能使景物产生一种风驰电掣般的动感效果，常用来拍摄行驶中的车辆或奔跑中的人等。

（九）渐变镜

渐变镜是一种逐渐改变景物颜色或是景物光线亮度的滤光镜，常见的有渐变蓝色镜、渐变橙色镜、渐变黄色镜以及渐变灰密度镜。

第**3**章
sheying yongguang
摄影用光

第一节 曝光技艺

一.曝光组合
（一）光的要素
摄影是通过曝光来获取影像的，而曝光是运用光圈和快门的组合来完成的。这种组合又须对它适度地控制，才能得到高质量的影像。因此曝光过度或是曝光不足，都将影响影像的质量。

（二）光线的方向
不同方向的光照有着不同的曝光量，从正面光—前侧光—侧面光—后侧光（侧逆光）—背面光（逆光），一般来说，实际摄影时，每一种光线应当增加半级曝光量。

（三）光向与题材
不同方向的光照适合不同景物的拍摄：正面光宜对儿童和高调照片的拍摄，前侧光宜对青少年、中年人和建筑照片的拍摄（图3.1、图3.2、图3.3、图3.4），侧面光宜对冷艳人像和质感粗糙物体的拍摄，后侧光宜对老人和自然风光的拍摄，背面光宜拍摄具有剪影效果和在深色背景中具有轮廓光效的照片。

二.光线与色彩
"有光才有色"，由于景物受到光线照射的缘故，人们才能看见自然界中各种景物的光亮和颜色。光在均匀的介质中以300000km/s的速度作直线传播，光在人们的视觉中呈现红、橙、黄、绿、青、蓝、紫等颜色，它的频率为$3.9×1014～7.5×1014Hz$（图3.5）。

（一）光的颜色与波长
1.光的颜色
不同的光源有着不同的颜色，用三棱镜把白光进行分解后，则能看到

图3.1 用前侧光拍摄的效果

前侧光最适合表现城市建筑物及其局部饰物。这种光对整个建筑轮廓的勾勒或建筑局部的饰物细节的刻画非常有效。

图3.2 用前侧光拍摄的效果

图3.3 前侧光有利于表现经典老建筑外立面上的雕塑等装饰物

图3.4 前侧光有利于表现经典老建筑外立面上的雕塑等装饰物

前侧光也有利于表现球形建筑的体积感和层次感，有利于表现经典老建筑外立面上的装饰物。

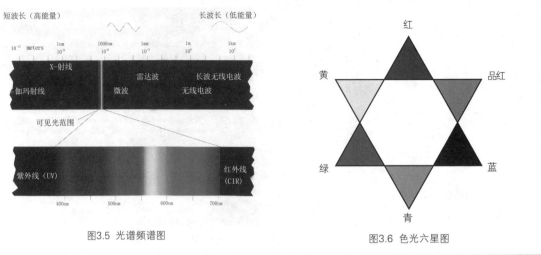

图3.5 光谱频谱图　　　　　　　　　图3.6 色光六星图

红、橙、黄、绿、青、蓝、紫7种色光。同一物质在不同颜色的光源照射下，会产生不同的色彩效果。

2.光的波长

光线是电磁波，目前人们所知道的约为30-14～30-7.5×1014Hz，分为可见光线、红外光线、紫外光线、X光线、γ光线、电振动射线。而电磁波的传播强度与其频率和波长有关。由各种可视颜色组成的白光的电磁波频率波长，其中红光的频率最低波长也长，而紫光的频率最高属短波长。波长越短的光被大气层及尘埃吸收衰减得就越强，反之就弱。由于地球的圆弧使得高纬度地区的大气层相对光线增加了厚度，高频短波光线被大量衰减，而低频长波光线畅通无阻，这就是上午和傍晚日光是红黄色的原因；而上午10时至下午3时这个时段的日光基本上是白光。

（二）光的原色与补色

光的三原色为红光、绿光、蓝光3种色光。

光的三补色为青光、品红光、黄光3种色光。

色光六星图中的每一种原色光是由与它相邻的两种补色光所组成，即红光＝黄光+品红光，绿光＝黄光+青光，蓝光＝青光+品红光。每一种补色光是由与它相邻的两种色光所组成，即黄光＝红光+绿光，青光＝绿光+蓝光，品红光＝蓝光+红光。

色光六星图中的每两个对应的色光即为补色光（红与青、黄与蓝、绿与品红），每一种对应的补色光叠加起来能呈现白的色光。即红光+青光＝白光，黄光+蓝光＝白光，绿光+品红光＝白光。红光、绿光、蓝光称为三原色光，青光、品红光、黄光称为三补色光（图3.6）。

图3.7 高色温与低色温共同作用的效果

这幅照片摄于香港清晨的街头，当时天尚未大亮，而且是一个阴天，画面的大部分色温较高，呈现为偏蓝的冷色调；而画面中的一家商铺已开始早市的营业，透出低色温的灯光，映照在周边人行道和行人身上，画面局部的低色温橙红色灯光与画面大部分高色温的冷调天空反射光形成强烈的对比，这种手法在摄影艺术创作中是很常用的。需注意的是，对于一个画面中具有不同色温光源的情况，应将数字照相机的白平衡功能设定为"自动白平衡"，让照相机自动记录画面中不同色温光线所呈现的色彩效果。

第二节 光源与色温

　　色温，它是表示辐射光源颜色特征的物理量。色温的单位为凯尔文(Kelvin)，用当头的"K"表示。

　　色温仅用于表示光源的颜色，而并不是表示光源的实际物理温度，更不能用于表示物体的颜色。光源的色温高表示光源中含有蓝色光的成分多，光源色温低表示光源的光谱成分中含有红色光的成分多。从图3.7中可以看出，画面中受高色温的蓝色光和低色温的红色光的共同作用而呈现的效果。中午前后的太阳光色温在5500K左右；早晚的太阳光色温较低，约在1900～2800K。晴朗的天空光色温在6500～6950K。电子闪光灯发出的光线

色温在5500K，这正适合于彩色日光型胶卷的色彩还原对色温的要求。新闻碘钨灯的光线色温在3200K，适合于彩色灯光型胶卷的色彩还原对色温的要求。

一.日光的色温

日光的色温见表3.1。

日照情况	光线色温（K）
日出日落时	1900
日出后15分钟	2100
日落前30分钟	2300
日出后30分钟	2400
日出后1小时	3200
日出后1.5小时	4000
日落前2.5小时	4300
日出后2小时	4500
中午前后	5500

表3.1

二.人造光色温

人造光色温见表3.2。

三.色温的运用

彩色感光胶片有三层感光乳剂重叠在一起，为了色彩平衡，感光材料制造商选择了两种常见光源，一是日光(5400K)，二是摄影强光灯(3200K)。根据这两种光源的色光成分，制造出适合于色温5400K的日光型胶片和适合于色温3200K的灯光型胶片。

（一）正常的运用

根据彩色感光胶片的色温要求，按标准色温进行拍摄，即灯光型彩色胶卷在3200K的灯光下拍摄，日光型彩色胶卷在5400K的光源下使用。

当胶卷在不符合色温条件的光源下使用。如日光型彩色胶卷在3200K的灯光下拍摄、灯光型彩色胶卷在5400K的光源下使用。为了彩色胶片的平衡感光，可以采取其中的一种方法：改变光源的色温、调换符合色温条件的胶卷、用雷登滤光片来校正光源的色温（当日光型彩色胶片在3200K的光源下拍摄时，将雷登80滤光片放置在照相机的镜头前面，这样可以把光源的

光源种类	光源色温（K）
电子闪光灯	5300～5600
1000～5000W卤素灯	5000～6000
高色温碳弧灯	5500
白色碳弧灯	5000
500W摄影冷光灯	3400
摄影卤素灯	3000～4000
500W高色温摄影灯	3200
1300W新闻碘钨灯	3200
200W白炽灯	2980
100W白炽灯	2900
60W白炽灯	2700
25W白炽灯	2500
烛光	1800

表3.2

色温提高到5400K。雷登80滤光片是深蓝色的，阻光率较大，必须增加曝光3级曝光量。当灯光型彩色胶卷在5400K的光源下拍摄时，应将雷登85滤光片放置在照相机的镜头前面，这样可以把光源的色温牌低至3200K，雷登85滤光片是橙色的，有阻光作用，应当增加曝光2级曝光量）。

（二）非正常的运用

根据人的心理要求和主观愿望，采用非正常的色温光线进行拍摄，从而达到一种效果、气氛和意境。

用低色温的光线进行拍摄，让稍微偏红光线颜色呈暖调，以示喜气洋洋、欣欣向荣和阳光温暖的视觉感受。

用高色温的光线进行拍摄，让稍微偏蓝光线颜色呈冷调，以示冷清、萧条或清静、寒冷及冷艳的视觉感受。

（三）运用的技术

使用传统照相机进行拍摄时，可用色温表。

使用数字照相机进行拍摄时，可调白平衡。

第 **4** 章
sheying goutu

摄影构图

第一节 构图的目的与要素

一.构图的目的

在摄影画面的框架中，正确地处理好主体与陪体的相互关系及其所处的位置，从而更好地反映摄影画面的主题。

二.构图的要素

（一）主体

直接反映主题的景物，它在画面中的结构直接地影响着作品主题的表现力。它是在语言文学中作主语（名词）的景物形象，它在画面中的结构直接地影响着作品主题的思想与内含。

图4.1 主体的位置图

（二）陪体

烘托主体，深化主题的景物，它在画面中的结构虽是间接地反映作品主题，但却往往起着画龙点睛的作用。它是在语言文学中作状语（环境、地点、时间、气氛）的景物形象。

三.关于主体的位置

在摄影的画面结构中，主体应当是画面的趣味中心。但是，它又绝非是画面的几何中心。我们在构图时通常不要让主体居中，因为几何中心的结构往往使画面显得呆板，缺乏生气，所以在构图时宜将主体置于画面的两侧近三分之一处。那么什么时候偏左、什么时候偏右呢？在拍摄人物和动物中可运用"视向性"原理来布局，即在反对正面正身的人像艺术摄影的构图而用斜侧面（或侧面、背侧面）造型时，根据人物的目视方向，在人物视线的方向一侧，由画面的几何中心向后退约三分之一（图4.1）。同样我们在进行风光摄影时，应把自然的山脉主峰、大树或是建筑的主体也置于这个位置上。

如图4.1所示，被摄主体应当是画面的趣味中心，但一般不位于画面的几何中心。

图4.2B 按黄金切点安排主体实例 潘锋 摄

（一）独立主体

1.主体居于框架的几何中心

一般来说，主体处于画面的框架中心，画面容易显得死板呆滞，在构图时要避免将单个的主体安排在画面正中。但相对来说，拍摄有些比较庄重严肃的题材时，主体处于中心的画面也有一定优势。

2.主体处于黄金切点的位置

通常在安排单个主体时，将对象安排在黄金分割点上，也就是相当于在画面作"井"字形分割线交叉点上。从视觉效果看，这个位置的主体更为引人注目，整个画面也显得更为自然生动（图4.2A、B）。

3.正面透视画面显得呆板

尤其是拍摄具有明显透视关系的建筑等题材时，要避免正面透视。因为正面透视往往比较对称，容易给人呆板的感觉。若不是拍摄特定的需要端正对称形式来表现的题材时，应避免正面透视。

4.斜侧透视画面生动活泼

与正面透视相反的是，斜向侧透视画面显得比较生动活泼，如建筑的汇聚线纵深感也会得到一定程度的强化，就对象立体感的表现而言，也更为有效。

（二）复合主体

1.拍摄两个同类主体宜避呆板

如果碰到两个同类的景物，拍摄时机位决不可居中与两个景物成等腰（或等边）三角形，从而使两景物之间的假想连线与框架的上下边框平行，以免使画面视觉平静、呆板。

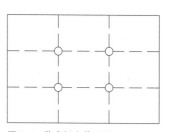

图4.2A 黄金切点位置图

2.拍摄同样形体宜求变化

如果碰到两个形体同样大小的景物，拍摄时可将照相机靠近某一景物，镜头稍稍仰起取景构图，这样可使景物产生近大远小和近高远低的透视效果，从而使两个景物的假想连线成为一条斜线，让画面的视觉显得生动活泼。

3.拍摄3个同类物体宜避对称

如果碰到3个同类的景物，可用斜线构图，或者用三角形结构（但应是不规则的三角形，常忌三者的连线成为等腰、等边或直角的这些规则而特殊的三角形）。

4.拍摄4个以上物体力避与边框平行

如果碰到4个以上的景物，构图的原则是各点的连线尽可能地不与框架四边平行。

第二节　构图的景别与视角

一.5种景别

我们把水平方向上的景物由近到远分别称为：特写、近景、中景、全景、远景，在人物摄影中特写与近景是表现神态的，中景与全景是表现姿势的，远景通常是表现宏大气势与环境的风光。

二.3种视角

我们把垂直方向上的透视分为平视、仰视、俯视。平视跟人的正常透视一致；仰视呈下面大上面小的透视现象，并且具有近高远低的透视效果；俯视上面大下面小的透视现象，并且起到净化画面的效果。图4.3就是运用俯角拍摄除去了两鹅背后河岸上杂乱景物的。

第三节　关于地平线的位置处理

一.在画面中的上下结构

在风光摄影中最忌讳地平线居中，即五五开的天地对称。这条地平线应离开画面中心线，向上或是向下放置。那么何时向上？何时向下呢？这可以运用"天象性"原理来布局，即在拍摄时，可依据天空的景象而决定地平线的上下位置（图4.4）。

地平线居中，呈对称结构，画面呆板，最忌运用，所以应使地平线上移或是下置。

天空景象平淡（如阴天、雨天或是万里晴空却无云彩的天气），则该让地平线向上。此时就多拍些地面景物而少拍些天空的景物；甚至是让地平线出上框，完全都拍地面的景物。

天空景象丰富（如旭日东升的朝霞、夕阳西下的晚霞，或是蓝天上白云朵朵），则该让地平线向下，此时就多拍天空景物而少拍些地面的景物；甚至是让地平线出下框，全部都拍天空的景物。

图4.3 俯角拍摄 潘锋 摄

图4.4 天空景象丰富，构图时可适当降低地平线 潘锋 摄

二.在画面中的水平走向

在自然环境中摄影，除了要选好地平线在画面框架中上下位置，还要选好地平线在水平方向上的坡度走势以及它在画面框架中的布局。

地平线平行于画面的上下边框，画面的形式结构平淡。地面呈坡度走势，与画面上下边框成斜向或是起伏状的结构，画面显得活跃。

第四节 关于建筑物的画面构成

一.关于建筑物的纵轴线

地面上的建筑物近百分之百的都应纵向垂直地面，否则就会有倾倒的视觉感。

拍摄时照相机歪斜，造成取景框的上下边框与地平线不平行，致使建筑物倾斜，给人以危且夕的感觉。所以在拍摄建筑物时，一定要持正照相机，确保建筑物的纵轴线平行于取景框的左右边框，从而给人以安全平稳的感觉。

二.关于纠正形变的方法

用普通广角镜头或标准镜头拍摄比较高大的建筑，因拍摄的距离不够，采用仰摄，从而致使画面左右两侧的建筑产生下宽上窄的形变。这种画面，在艺术创作中虽说是属许可的，但总觉得给人以不太舒服的感觉。要改变这种画面的结构，一是看看能否退到较远的拍摄点上，以减少因仰摄而造成的视觉形变；二是提高你的拍摄点，找一个大楼走到与所拍高楼的中间等高的窗口处拍摄；三是换用拍摄建筑专用的移轴镜头来纠正形变。

第五节 关于画面的视觉平衡

摄影画面的平衡在构图中至关重要，因为它会影响到作品给人的视觉稳定感，并直接有碍于作品的艺术感染力。

一.视觉平衡的表现形式

（一）景物平衡

在一个摄影画面的框架里，景物安排的位置，通常应做到上下，或是左右，均需有所支撑而保持平衡。也就是说不要把景物都集中在一边，使对应的另一边过于空白，这样的画面可能会使人看了很不舒服，产生一种失重而不稳定的视觉感。

（二）影调平衡

在一个摄影画面的框架里，一边的景物影调很深、色调很浓重，而另一边的景物影调和色调却非常浅淡，这样的画面结构会给人有不平衡的视觉感。

（三）综合平衡

在一个摄影画面的框架里，影调总是伴随着景物同时存在于构图形式中的，因此我们应当同时兼顾景物和影调的视觉重力，让它们相互作用以求平衡。

二.画面平衡的表现方法

摄影构图中的"平衡"绝不是数学中的"均衡"。所以不要在构图中做对称式的景物排列，使画面缺少变化而无生气，画面平衡的表现方法有：

（一）关于景物平衡的方法

画面景物的布局要避免单边化，就是说画面的左右两边或是上下两部都应有景物，当然它不该是形体上大小均等的组合。

要避免将景物居于画面的几何中心，以使画面显得呆板。

（二）关于影调平衡的方法

取景时尽可能要避免画面的左右两边，或是上下两部分的景物形成色彩或影调强烈反差的场景。

要避免上述场景的出现，有时应避开侧面光对某些景物影调的影响。

如果现场的景物与光线都已不可改变，在这种情况下我们可以利用渐变密度镜来调整画面两边的光比与反差，从而平衡画面。

（三）关于综合平衡的方法

取景时将形体较大或是影调、色彩较深的景物安排在影调、色彩较浅的画面一边，而把形体较小或是影调、色彩较浅的景物安置在影调、色彩较深的画面一边。

用光时通过光线方向与景物阴影的明暗来调整画面在视觉上的平衡度。

运用照相机镜头的焦距和拍摄视点的变化（上下远近）来改变景物的透视比例，运用在拍摄距离上的近大远小和仰摄时的近高远低的成像原理来改变景物在不同影调中的形体分量。

其实上述这些均为摄影构图的基本原理和技法，只是借鉴，不必照抄；往往绝妙就在于反其道而行之之中，因为摄影构图的原则是：有其规律，无其规定。

例如图4.5采取的就是反构图，在透视中为了平衡画面，则把主体人物放在与视向性相反的一侧。

图4.5 归 潘锋 摄

第5章
zhuanti sheying
专题摄影

第一节 人像摄影

室外自然光人像摄影，有别于影室灯光人像摄影，两者的区别，一是灯光，二是环境。

影室人像是多灯照明和造型，而室外人像是"单灯"（太阳）照明的造型。室内多灯的光线可以人为地组合造型，可是室外单一的太阳光线就不能随心所欲了。所以如何处理好太阳光线的光位、光比，则是进行室外自然光摄影的造型技术了。

一.光位的选择

按照人物的年龄、个性、气质，我们应对人物摄影采用不同的光位。例如拍摄儿童照片，则强调反映他们天真、活泼和稚气，应采用明朗的正面光；拍摄长者老人，刻画他们人生阅历和刚强的毅志，要采用侧逆光；而众多的中青年人物，则用前侧光位置。从中可以看出，人像摄影的光位不是定向不变的，就人的性格特征而言，光位是随着人的年龄不同而变化的，即年龄由小到大，光位也就由前向后随之过渡。

二.光比的选择

摄影曝光受到各种感光材料的曝光宽容度的制约。拍摄的时候当现场光线的光比大于感光材料的曝光宽容度的时候，那么照片上的形象就会缺少层次。所以一般来说，中午前后通常是不大被用来拍摄人像照片的，因为这时的光照太强，人物脸部的亮部和暗部光比过大而使影像的形象缺少层次。而在上午日出后2～4小时和下午日落前2～4小时是进行室外自然光人像拍摄的较好时间，在这两段时间中，无论是太阳光的光比还是光质对人物摄影的曝光适合程度，都是最能对人物的脸部明暗表现出丰富的层次和细部的质感。

三.环境的选择

室外人像摄影有别于影室人像摄影的，还在于那作陪体的环境上。影室人像摄影一般不需要鲜明的环境，通常采用单一色泽的背景就可以了，而室外人像多为"人景合一"的审美形式来拍摄的。

（一）环境的"取"与"舍"

我们说，自然界的景别不是纯正的。无论是自然中的山川、植物，还是人造的建筑，都不是为拍摄的人而理想化存在的。为此摄影师必须对眼见的环境要有正确的"取"与"舍"的审美、判别、选择与控制能力。

对场景环境的选择上，要学会在杂乱无序的环境中去寻找与被摄人物相和谐的景别。有时经常会碰到这样的情况，看到的景色很美，但是人却无处安身，生怕会遮挡景的美，影响景的全；看看这边很艳，瞧瞧那边也丽，结果反而是举棋不定无从入手；或是包罗万象结果喧宾夺主。其次在室外拍摄人像，并非一定要到大而全的名胜古迹去，许多不那么出名的小景也都有它独特的艺术美感，都是室外人像摄影的好环境，如老宅古镇、小桥流水、石板小路、花草树木或枯树残壁等都是进行室外自然光人像摄影的好环境。

（二）"人"与"环境"的比例

尽管室外人像摄影是"人景合一"的结构与形式，但是必须要以人为本。画面中的人是主体，环境只是陪体，所以人在画面中的比例要适当，若是人的形象过小就会变带人的风景照片了。

四.特殊环境与光向效果

人们常说，顶光是忌讳拍摄人像照片的，顶光下的人物，首先前冲的是前额，鼻梁和两颧受到强光以至高光飞溢，以使影像中的人脸浮肿，所以都不在正午前后的顶光下拍摄人像照片，似乎顶光是人像摄影的禁区。

然而实践告诉我们，不分环境特征，不管拍摄内容的一概而论是片面的，其实此时人的前额、鼻梁、颧骨处之所以过亮，无非是人的脸面过于倾仰，如果被摄者的脸稍稍低下一点，那么这脸上的浮肿感不就消失了吗？

外景人像不一定都要拍成站立的形象，比如说是否可以拍成低头看书阅报，或是俯首观景的姿势。这样手中的书报和水面由于接受顶光而反射到人物的脸上，还能对此起到补光的作用呢。头顶上的高光又起到了轮廓的装饰光效果。其实在特定的环境中，全身站立的人像能在顶光的照射下加上地面的反光而拍出效果极佳的好照片（图5.1）。正是顶光使人物身后的环境（山体）变暗，这样就不与主体人物抢眼球了，此时的顶光又正照在朝天的石头上，成了一块天然的反光板，形成漫散射的光线照在人体上，使人体的肤质得到了很好的表现。

五.造型的两态三要素

（一）神态与姿态

表现人物神态（喜、怒、哀、乐）的画面，应采用近景或特写景别。
表现人物姿态（站、坐、跪、躺）的画面，应采用中景或全景景别。

（二）眼神、嘴势与手势

人像摄影贵在传神，美在造型，妙在意境（图5.2）。

135单镜头反光照相机内置的小型电子闪光灯由于能量较小，所以在远距离、大范围、主要依靠闪光照明的场合就不太适用。但它具有小巧、不占照相机外部体积（非闪光摄影时，这一机内闪光灯处于降落、闭合的状态，需闪光时才自动升起、打开）等良好的随机性，特别适合当做辅助光源使用。在进行人物肖像摄影中，依靠机内闪光灯发出适量的闪光，就能恰到好处地表现出被摄者的眼神光，这种表现，即使在阳光下，也能轻而易举地进行；在白天强烈逆光下拍摄人物时，为了使人物脸部发暗不至于太厉害，也可使用机内闪光灯来辅助。由于机内闪光灯采用的是直接测定胶片平面反射光进行曝光控制的方式，所以在上述两种情况下的闪光补光摄影，均能取得与背景光良好的平衡效果。

当在雪景中或在强烈阳光照耀下的海滨拍摄人像时，人物周围景物的强烈反射光"刺激"着照相机的测光系统，分区评估测光方式就会限制胶片的感光，这将导致人物脸部发暗（曝光不足）。这种情况下，也得依靠局部测光方式对人物脸部测光和确定曝光。

图5.1 阳光下（顶光人像）潘锋 摄

当你对背景并不感兴趣或有意要虚化它时，通过开足镜头光圈，就能使背景变得模糊，从而突出主题。这种手法在人像摄影和拍摄特写时最为有效。当与长焦距镜头一起使用时，效果尤为明显。

图5.2 人的表情 潘锋 摄

眼是心灵的窗口（传情表意），嘴是交流的使者（信息发送），手是行为的执司（动作表现），因此只有有机地组织好眼神、嘴势、手姿的布局，抓好三者的最佳瞬间，才能使人像照片形象丰富，情景生动。

练习与实践

1.用侧逆光拍摄一张老人的近景照片。

2.拍摄一张儿童的全景照片。

第二节 风光摄影

一.风光摄影的分类

（一）按照景观成因分类

1.自然风光

这是天地之间大自然天然形成的地质、地貌、植被、气象等景观，它们是：天上的日、月、星辰、云、雾、雨、雪、风、霜、雷电、冰雹等；地上的山脉、河湖、草原、森林、沙漠、沼泽等；海上的潮汐、波浪、珊瑚等地理景物（图5.3）。

图5.3 徽州春色 潘锋 摄

2.建筑风光

这是一种人工建造的人文景观，它们由古典建筑风光和现代建筑风光构成。如以楼、台、亭、阁、塔、池、榭、桥、宫、殿、寺、院、庙、堂、庄等古典园林及长城、石窟、皇陵、古堡等历史遗迹为古典建筑和以高楼大厦、体育场馆、高架道路、桥梁隧道、纪念碑塔、城市雕塑等为现

图5.4 建筑 潘锋 摄

代建筑（图5.4）。

（二）按照地理成因分类
1.从气候上分为热带风光、温带风光、寒带风光。
2.从季节上分为春季风光、夏季风光、秋季风光、冬季风光。

二.风光摄影的器材

相对来说，风光摄影对器材要求比较高，因此追求高品质风光照片的摄影者常常配备大画幅照相机或至少采用120画幅的照相机拍摄，以便后期用作大型广告输出或印刷挂历杂志等高档印刷品。对于希望在风光摄影中得到较高商业回报的摄影者而言，使用120片幅的照相机几乎是基本要求，如果使用数字照相机拍摄，也最好用120照相机数字后背或135全画幅数字单反照相机，以便后期获得较高输出质量。对于一般摄影者来说，使用普通的135胶卷照相机或APS-C规格的数字单镜头反光照相机也可拍摄风光照片。但在拍摄时更要注意构图严谨，后期避免剪裁修改等。如果在技术和艺术上保证质量，小型照相机拍摄的素材（图5.5、图5.6、图5.7、图5.8）在一般杂志上刊登也不会有什么问题。

为了保证风光照片能作较大尺寸的输出，一般选择感光材料都以低感光度为首选，因为低感光度胶卷颗粒更加细腻，便于以高质量大画幅输

■58 ■中国高等职业院校艺术专业系列教材 ■ 摄影基础 ■ 第五章 专题摄影

图5.5 藏寨 潘锋 摄

图5.6 上海"外滩源"新貌

光圈优先模式由摄影者选择并确定照相机的光圈值，测光系统根据对被摄物的测光结果，由相机上的微电脑判断出适度的曝光量并同时选出与光圈值相匹配的快门速度，并最终以此快门速度启闭快门完成曝光。简单地说，这种曝光模式只需摄影者调节光圈，快门速度由照相机自动判定和给出。

图5.7 风景 义昌 摄

图5.8 梯田 义昌 摄

出。如采用数字照相机拍摄，也常常需要选择低感光度拍摄，在低感光度条件下成像质量也比较好（图5.9、图5.10、图5.11、图5.12）。

拍摄风光也属于拍摄静物类题材，因此常常需采用小光圈保证大景深，再加上选择低感光度胶卷拍摄，还经常需要在光线较微弱条件下曝光。为了确保照片的清晰度，三脚架和快门线也是必不可少的器材。

此外由于出色的风光常常在偏远地区，在很多情况下需摄影者在没有电源的地方拍摄，因此照相机和其他器材的电源和备用电源一定要准备充足，尤其是数字照相机当没有电源时几乎就是一堆废物，因此对硬件物资的保障也不可忽视。

（一）镜头

拍摄自然风光对镜头要求比较高，可以说是多多益善。但由于在拍摄过程中常常需要爬山涉水，因此要根据自己实际情况做出选择。从镜头的设计特点来说，有定焦镜头和变焦镜头的区别，如果交通工具方便，体力好而极端追求图像质量者，应该选择定焦镜头，最好选择畸变较小的非球面低色散镜头等。

一般摄影者可配备2～3个变焦镜头，一个为17～35mm的广角变焦镜头，主要拍摄大视野的远景等；一个为28～85mm的变焦镜头，主要拍摄一般的远景和中景；还有一个为80～200mm的中长变焦镜头，以便拍摄距离较远的局部小品等。这3个镜头涵盖了广角到长焦的范围，拍摄一般风光就没有什么问题了。

此外有条件者还可备个增距镜或微距镜头，以便拍摄花卉、野草、小昆虫等题材，尤其是一些不常见的野花小草等在特定条件下观察，往往很有特色也值得拍摄一番，此类照片如表现得当，也能得到很不错的画面。

（二）滤光镜

1.UV镜

又名紫外线滤光镜或叫"去雾镜"。使用它可以在水边或是晨雾之中，提高镜头对于景物特别是远处的景物的能见度，使用时不必作曝光补偿。

2.偏光镜

又名偏振镜。进行彩色摄影时使用它，可以在晴日里压低天空的色调，使之变得更蓝，使用时当镜头的主光轴与太阳呈90°效果最佳，但要增加1级曝光。

3.渐变灰镜

又称渐变密度镜，可以说是风光摄影中不可缺少的滤光镜。景物的反差太大时，由于光比太大就会损失层次（若按亮部曝光，会损失暗部层次；若按暗部曝光，会损失亮部层次）。如果运用渐变灰镜，把高密度的部分置于上面天空的高光部，而把透明的部分放在下面地面的低光部，这样是可以人为地缩小光比而取得亮部与暗部层次都较丰富的照片。

图5.9 秋收 潘锋 摄

对于摄影者来说,选择哪一档光圈好呢?光圈优先模式是要结合拍摄环境及拍摄意图来考虑。假定在某一拍摄环境中,摄影者可以选用F11 的光圈,也可以选用F2.8的光圈,前者照相机自动给出1/15秒的快门速度,后者照相机自动给出1/250 秒的快门速度。这两种情况都能使被摄物获得适度的曝光,摄影者做出选择的依据是什么呢?这里就涉及到一个与镜头光圈大小有着直接关系的景深问题。镜头光圈大小的调节,并不只是简单的通光量增减,它还与被摄物在照片上形成的景深效果有着密切的关系。假设照相机镜头的焦距和对被摄物的对焦距离都是确定的,那么,镜头光圈越大,景深越小;镜头光圈越小,景深越大。从实质上看,这种模式是一种让摄影者控制被摄物前后清晰范围的自动曝光模式。

图5.10 风景 义昌 摄

图5.11 风景 义昌 摄

图5.12 用低感光度拍摄，确保图像质量

4.橙红滤镜

拍彩片时，可以用它在阴天、雨天，或是苍白的晴天，营造出一种模拟日出或是日落时的天色与气氛；拍黑白片时，又可以用它使浅白的天色呈深灰颜色，使用橙红滤镜拍摄时需增加2级曝光量。

5.橙黄滤镜

它的效果与橙红滤镜同类，只是拍彩片时色泽偏黄些，拍黑白片时天色呈中灰颜色，使用橙黄滤镜拍摄时需增加1级曝光量。

6.大红滤镜

这是一种主要专用于黑白摄影的滤光镜，它能使蓝天变黑，所以通常用于"日拍夜景"效果的照片，拍摄时需要增加3级曝光量。

7.星光镜

又名芒光镜，用它可使摄入画面的点光源（日光、星光、水的波光）产生光芒四射的效果。由于它是无色透明的，因此无需曝光补偿。

（三）其他附件

1.遮光罩

这也是必不可少的，由于风光摄影大部分采用逆光位拍摄，因此防止冲光就得配备遮光罩，并一定要注意它与使用时的镜头与实际焦距的匹配性，以防画面四周产生暗角的现象，尤其是在用广角和超广角端，即使是花瓣状遮光罩，也必须注意它的大小花瓣对应画框的方向性。

2.小方镜

它有两个用途：一是对处在逆光下的景物中的某个细小的暗部作补光用，尤其是作微距摄影时效果比较明显；二是作人造倒影用，拍摄时将镜子置于镜头下方观察，可模拟产生倒影效果，能为普通画面增色不少。

3.其他用品

比如指南针，可以帮助确定方向，需要拍摄日出日落时能够预先观察角度，对勘探场景有好处。还可备一个用针头穿孔的饮用水瓶盖，当拍摄花卉照片时，将此瓶盖换到自己饮用的矿泉水瓶上，可以将细小的水珠喷洒在花瓣和叶子上以增加生动性。

三.风光前景的表现

风光摄影非常注重前景的运用，前景能增加摄影画面的美感，更能体现画面中景物的层次感和景别的空间感，从而对摄影作品的画面形式起到画龙点睛的作用。

（一）前景的作用

前景在画面中是烘托主体而作陪体的，它常如同语言文学中的状语，反映时间、地点、环境、气氛，起到引导视线，突出主体的作用。

前景能增加摄影画面中景物的纵深感和空间感，例如在画面下方的前景，往往能将视线引入水平间距，产生深度感；又如在画面上方的前景，则又能给人以垂直间距，产生高度感。

前景的形体、色调及其明度，经常能调节画面中主体的表现力度。例如前景为形体较小的牛羊能反衬广阔的山地和原野之大 ；前面为布满画面的绿色垂柳，后面是红伞下的一对情侣轻舟荡漾在碧波湖光中，起到"万绿丛中一点红"的意境之魅力。

（二）前景的运用

前景的地位必须从属于陪体，千万不能抢了主体，喧宾夺主，所以前景在画面中的位置，通常都放在框架的四周，即上方或下方、左方或右方。

前景的色彩不要"太跳"，以免冲了主体；前景最忌讳淡的色调，因为人的眼睛最易受浅淡和跳跃的色彩刺激而被吸引，这样就会冲淡和分散了人们对主体景物的视觉感受，也就破坏了对主题的表现力度。

前景通常是由处于主体前面的景物组成。但是我们也可以用主体后面的景物（实际上是后景）来作为前景，用以表现主体的纵深感和空间感。

四.风光摄影的基调

夏天绿色的草原，冬天白色的冰雪，这些都是冷色调；金秋的银杏和红枫，这些都是暖色调。

风光摄影应该有个基调，这个基调可随着季节、气候与时辰而选择，比如夏天可多用些冷色调去构成，这样会在酷暑中给人以凉爽的感受；冬天呢可多用些暖色调来构成，这样又会在严寒中给人以温暖的感觉。例如在晴日里清晨和黄昏的低色温，会使画面呈现出暖色调；而在阴雨和冰雪天中却是色温偏高而成冷色调。

阴雨天虽是高色温，但也可以借用滤光镜，使用琥珀色的降色温的雷登片或是橙红或是橙黄色的滤镜来改变它的色温，使照片的画面呈暖色调。

五.风光摄影的色温

色温在物理学上是指黑色的物体受热后，随温度变化后产生辐射时光谱中色彩的含量。色温在摄影上是指所采用的光源中含红色与蓝色光谱成分的多少而显示高低的，光谱中含红色成分多为低色温，含蓝色成分多为高色温。

日光受到大气环流及太阳对地面照射高度角的变化，光线就会呈现不同的色温。阴沉天色温偏青、蓝色调；晴朗的晨昏色温就偏红、黄色调（图5.13）。

自然光的色温为：蔚蓝的晴空是19000～25000K，少云的天空是13000K，多云的天空是7500～8400K，薄云遮日的天空是6400～6900K，正午前后的天空是5400K，日出后或日落前15分钟约1850～2100K，日出后或日落前1小时约3200～3500K。

拍摄时的光线色温直接影响着被摄景物的色别、色相和色饱和度。为此人们根据色温把普遍适合于室外自然光摄影的胶卷做成5600K，即为日光型胶片。这样在上午9点到下午4点的大部分时间内，拍摄的景物基本上都能得到相对正确（接近真实）的色彩还原。

正确的色彩还原是先导，但又绝非固守的法规，有时我们还经常运用拍摄时的光线色温变化，或是非正常地使用雷登片，故意来校偏色温，而使照片获得出其不意的色彩效果。

六.特殊景色的拍摄

俗话说："月有阴晴圆缺"、"天有不测风云"，季节和地域以及气象之变，给光线的强弱与景物的色彩、反差带来了许多变数。

图5.13 晨光 潘锋 摄

（一）云景的拍摄

　　云是风光摄影中的一个重要的拍摄对象，天上的云彩瞬息万变，形不可测。要拍好它，也非易事。用黑白片拍云景必须加用滤色镜片拍摄。例如要突出白云，需加中黄滤色镜；强调云的层次可加用橙黄滤色镜；体现云的气势可加用红色滤色镜。进行彩色摄影，晴天可加用偏振镜来强化云彩。作为风光摄影，其实光量应根据每个人对摄影艺术要素的构成之偏爱而定，有的人喜欢影像浅淡的、影调密度较小的；有的人喜欢影像浓重的、影调密度较大的，可谓青菜萝卜各有所好。因此云景照片的曝光，可以多一点，也可以少一点，这正如摄影家弗兰克·惠特尼斯所说的："当你拍摄天空时，根本就没有'正确'曝光这回事，曝光不足和曝光过度的影像，都同样美妙。"（图5.14）

（二）雾景的拍摄

雾，给人们的生活带来诸多不便，但是却为摄影提供了无限遐想的创作空间。雾天里使人如入仙境，我们眼望着飘渺的气雾中时隐时现的山峦和村落，朦朦胧胧梦幻一般（图5.15）。

拍摄雾景需要用深色物体作前景，来表现由近到远的景别深度，以及影调的变化。不见阳光的雾天给人的感觉光线不是很亮，但雾对光的反射能力很强，所以拍摄时应根据测光读数略增加0.5级曝光。再则要注意的是拍摄雾天的山岳风光时，雾气绝不能遮挡掉山头峰顶，薄雾绕山腰、峰首露真貌，才是按下快门的最佳瞬间。

（三）雨景的拍摄

这是拍摄水景风光的好时间，如春雨洒落的庭院风光画、阵雨淋漓的碧海满银珠、秋漪绵绵的残荷戏水图。

由于雨天空气湿度大，光线平淡，反差很小，所以尽量寻找一些深色调的景物，以增加画面的影调反差。同时可用"少曝光，多冲洗"的方法，来提高画面的景物反差。要表现雨丝的线条，那就得用较慢的普曝光时间来拍摄，使间隔的雨滴连成线条。

夏天阵雨过后的晴天碧空如洗，空气纯清透彻，紫外光线的干扰最小，这是拍摄自然风光的最佳时机，此时的能见度极好，影像的色彩、明度和色饱和度都最好。

雨后竹子的叶片上、松树的针尖上，挂满了颗颗润似珍珠的水滴，在逆光下闪闪发光，此时可用200mm的长焦距镜头，将像距调到最大虚焦点时，水珠就会像颗颗七彩的珍珠一般出神入化，这就是上面提到的"碧海满银珠"。

（四）雪景的拍摄

大雪过后，原野一片洁白，群山银装素裹，无论是大雪纷飞还是大地披银，都是风光摄影的绝妙素材。

由于天空中的紫蓝光线以及大雪的反射，下雪时的色温严重偏高，所以彩色摄影拍摄的雪景照片往往色彩偏青、偏蓝，这时可用紫外线滤色镜（UV镜）或是天光镜来加以减弱或消除。但雨过天晴时，处在阳光下的雪景会呈偏红、偏黄的暖色调；而处在阴影中的雪景会呈偏蓝、偏青的冷色调，从而形成一种对比色调共存的丽景。雪景照片最忌顺光位拍摄，逆光位才是最佳的拍摄光线，此时它可以使起伏的地面表现出丰富的层次和质感（图5.16）。雪的质感取决于光位和曝光量，正确曝光才能获得好的质感，曝光过度的雪景白茫茫的一片苍白，曝光不足又会一片死灰。

图5.14 水墨云海图 潘锋 摄

图5.15 仙境 潘锋 摄

在拍摄风景时，如果想把画面从近处到远处都拍得清清楚楚，就应把光圈收小到F11、F16，甚至F22的档位，这样，景深就会变得相当大，从1米至无限远的景物几乎都进入了景深范围。这种拍摄方法通常被称为"全焦点摄影"。特别是短焦距的广角镜头与小光圈并用时，大景深的效果十分显著。

图5.16 川西初春 义昌 摄

练习与实践

1. 叙述前景在画面中的作用。

2. 分别拍摄一张加滤色片的云图照和一张建筑风光照。

第三节 静物与广告摄影

一.静物与广告摄影的常用器材设备

（一）拍摄台

拍摄台是静物和商品摄影中的重要器材之一，它起到支撑被摄体和制造背景效果的作用。拍摄台根据实际拍摄环境、被摄体大小而没有固定的尺寸，不论哪一种结构的拍摄台，都必须稳定、水平。

1.简易型拍摄台

可以用各种现有的物品材料临时搭建，用这种拍摄台拍摄打底透光和背透光的效果，可以用可弯曲的白色乳胶板（或广告灯箱上用的灯光板），底下和背后须置放光源。

2.专用静物亮桌

一种专门提供底部透射光和背后透射光效果的拍摄台，可以获得无投影的各种各样背景效果。拍摄时要让背景和底面形成统一均匀的亮度，控制好背后和底下两个光源的发光面积和位置，尽量避免两个发光面之间出现分界线（图5.17）。

（二）光源

摄影依靠光源。在拍摄中，光源的亮度、角度、聚散软硬的性质、色温等一系列问题都直接关系到拍摄的最终效果。可以用在拍摄中的光源很多，了解了光源的种类和特性，我们才能灵活地利用不同的光源创造不同的画面效果。

1.自然光

自然光是一种连续光源，较难人为改变其方向和亮度，在广告摄影

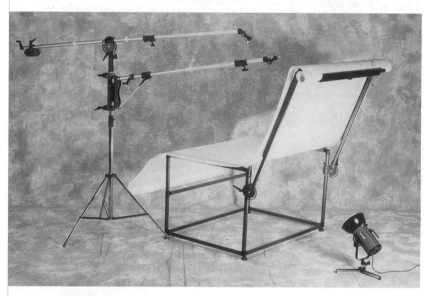

图5.17 透光拍摄台和悬臂灯架

上比较难控制。说到摄影用光，还有一个必须考虑的因素，就是光和色温的关系。在彩色摄影中，光源色温的高低直接影响着被摄体色彩的真实还原。日出或日落的太阳光色温较低，在2000～3000K左右，早晨或下午的阳光在4000～5000K左右，接近中午前后的阳光在5500K左右。日光型彩色胶片的标定平衡色温为5500K。也就是说，日光型彩色胶片必须在色温5500K的光源下使用，才能得到标准的色彩还原。

2．人造光

（1）连续光源

可以连续发光的光源，摄影用的一般包括强光白炽灯、卤钨灯、金属卤素灯等几类。

家庭使用的白炽灯功率小、色温低，不能用在专业摄影上。强光白炽灯是发光功率在200W以上的白炽灯，其色温接近3200K，使用日光型彩色胶片的话，需用滤色片加以校色，或是直接用灯光片拍摄。

卤钨灯包括摄录像常用的碘钨灯（新闻灯）和溴钨灯。市场上很多品牌的影楼灯系列中，有一种称为"石英灯"的也是卤钨灯。独立用作摄影照明的卤钨灯一般功率都在1000W以上，色温恒定为3200K，可以直接用灯光片拍摄。

金属卤素灯是将不同的金属卤化物加入高压汞灯中，有镝灯、铟灯等几种。这种灯色温可达6000K，可以直接用日光片拍摄，发光效率高，显色性好，多用于电影摄影中的照明。

（2）闪光光源是瞬间发光光源

135照相机上使用的外接闪光灯即属于这种光源。广告摄影棚使用的闪光灯具原理与照相机外接闪光灯相同，但结构更为复杂并拥有各种效果附件。闪光灯的色温在5300～6000K左右，与日光的光谱分布基本一致，显色性好。由于是瞬间发光，不会产生大量的热量影响到被摄体（特别是拍摄模特儿和菜肴之类惧怕高温的被摄对象）（图5.18）。

（3）灯光附件

影棚使用的光源拥有庞大的灯头效果附件（图5.19），主要分为以下几类：

灯罩。柔光泛光罩通过二次反射产生广角的柔和光，适合拍摄人像。在灯罩上又有蜂巢、挡光板与滤光片3种配用件。蜂巢可使光线更加集中成直束平行射出，产生不同色彩的色光效果。

聚光筒。聚光筒的内置聚光镜片将光汇聚后射出，形成小范围的光斑，可作背景效果光或被摄体的局部修饰光，还可插入不同图案的幻灯片作背景或现场效果的投影。

柔光箱（罩）。柔光箱是提供大面积均匀柔和的光线。大型雾灯多用于汽车等超大型被摄体的拍摄，使光线雾化散射，模拟天空光效果。

反光、柔光伞。经反光伞反射的光为散射光，面积大，照度均匀，

图5.18 根据大型闪光灯结构的不同，分为中低功率的单体灯和高功率的电源箱灯

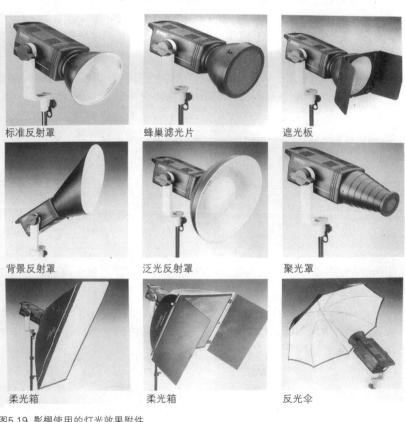

标准反射罩　　　　　　蜂巢滤光片　　　　　　遮光板

背景反射罩　　　　　　泛光反射罩　　　　　　聚光罩

柔光箱　　　　　　　　柔光箱　　　　　　　　反光伞

图5.19 影棚使用的灯光效果附件

光性较软，不易产生投影。柔光伞的光性比反光伞稍硬，类似单层的柔光箱，两种伞由于可以折叠收藏便于携带，故多用于外拍以及时装人像。

　　光导纤维灯头。在普通灯头上增加一套由3～4根光导纤维管构成的系统装置，将光通过光导纤维分成几束，用于拍摄首饰珠宝等无法用普通大面积光布光的小件物品。通过光导纤维的弯曲延伸，亦可为一些普通布光中的死角补光。

　　配合大型闪光灯使用还有一些支架系统：普通三脚灯架系列。天花路轨：安装在天花板上的2根固定轨道上有1～3根可滑动的轨道，配以可伸缩的机动吊架。闪灯安装在上面可轻松调整位置方向和高度，同时也省去三脚灯架占用的地面面积。高档的路轨可以遥控移动与升降（图5.20）。

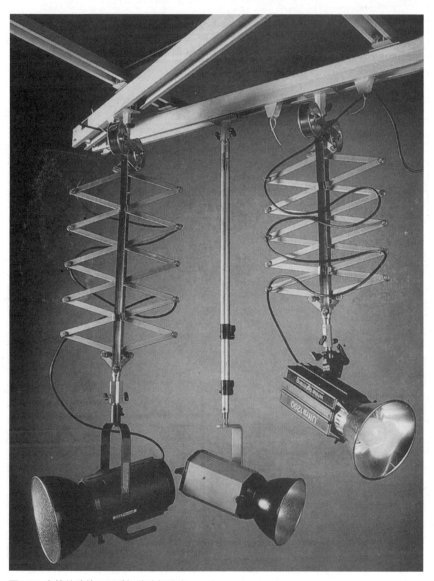

图5.20 高档的路轨可以遥控移动与升降

（三）摄影器材及其操作要点

1.照相机

在广告摄影特别是静物广告摄影中使用的照相机几乎全部是大型专业机背取景照相机，不但因为它用4×5英寸以上的大画幅底片可获得超高的清晰度（图5.21），更因为它具备了135、120照相机所没有的斜摄功能。大型机结构上分单轨机和双轨机两种：

（1）单轨机

由一根轨道支撑镜头前座和聚焦屏后座，前后座进行位移摆动的幅度大、可拆卸调换组件，但较为笨重，适合摄影棚内使用。常见单轨机有仙娜（SINAR）系列、林哈夫（LINHOF）GTL系列、金宝（CAMBO）、阿卡（ARCA）、星座（TOYO）G系列和骑士（HORSEMAN）L系列等（图5.22）。

（2）双轨机

则由内外两组不同轨距但互相平行可以伸缩的轨道分别连接照相机机身与镜头前座，不用时可将前座镜头收缩折叠入机身，故方便外拍携带。但这种结构的照相机受固定轨道影响，镜头使用范围很小，位移摆动

图5.22 单轨机

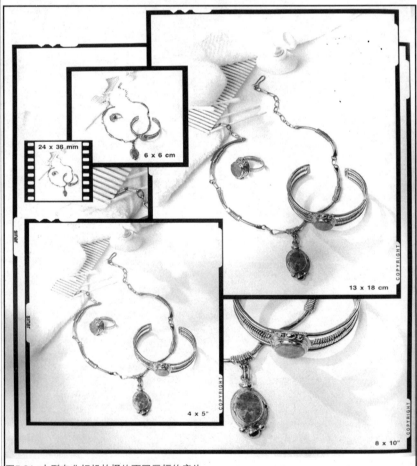

图5.21 大型专业相机拍摄的不同画幅的底片

的范围一般也只能达到单轨机的1/2左右，在操作性能上逊于单轨机（图5.23）。常见双轨机有林哈夫（LINHOF）坦克尼克，骑士（HORSEMAN）45FA、45HD，星座（TOYO）45A等。

2.附件

（1）蛇腹皮腔

标准是配合中等焦距镜头使用的。使用广角镜头时由于像距缩短影响到前后座之间的位移和摆动，有的超广角镜头像距甚至小于标准皮腔的最小长度，所以需要换用广角专用皮腔以及使用凹镜头板。而使用长焦镜或近摄时则需使用加长皮腔。

（2）后背后座

胶片后背分散页片后背与120后背。普通散页片后背正反两面各可放一张页片，大型座机的后座可调换升级成5×7英寸或8×10英寸的更大页片后背后座。

（3）取景器

普通取景器的聚焦影像，是上下左右与实景相反呈倒像且成像较暗，但是有一种正像取景器可以将相反的像转变为正像，方便取景构图。

图5.23 双轨机

中国高等职业院校艺术专业系列教材　摄影基础　第五章　专题摄影

3.位移与摆动

位移与摆动是大型座机区别于135、120照相机的基本功能。

（1）位移

指座机前座或后座在同一平面上作相对中心位置的上下左右的移动，使镜头光轴不再对准画面中心，从而在机位不变的情况下获得影像向上下左右方向挪动的效果。

（2）摆动

是指座机前后座在水平轴或垂直轴上作某个角度的旋转，其中在水平轴上旋转称作"俯仰"，在垂直轴旋转称作"摇摆"。前座的摆动是用来控制影像的清晰度，即控制合焦的范围；而后座的摆动主要用来控制透视变形效果，也可用于控制影像的清晰度。后座的摆动不会改变光轴在影像画面的中心位置。

位移与摆动在大型座机实际应用中有以下两个主要作用：

透视的调整。在拍摄中若影像平面与被摄体平面相互倾斜，则被摄体中所有平行线条都会在影像中产生汇聚的透视变形现象，120照相机仰拍一栋高楼会产生"金字塔"式的变形。若要拍出立方体被摄物的顶面和两个侧面时必须带有一点俯拍，也会造成"倒锥"式的变形。这些变形在一定程度上尚可被视觉习惯接受，但变形过于厉害则会给人失真感。要解决透视变形这个问题，对于135、120照相机来说只有将照相机镜头与被摄体平面保持平行且机位在被摄体高度的中点才能做到。而使用座机拍摄，不必改变取景需要的机位，只要先将影像平面（即后座）摆动至和被摄体平面平行，再位移镜头前座将被摄体影像调整到画面适当位置即可（图5.24）。对于拍摄的角度过于仰俯，为了符合人的视觉心理习惯，需要适当保留一定的透视感，如果将透视完全校正，反而将会在观看时出现反透视的幻觉。这种平行线校正法不仅可用来校正垂直平行线的透视变形，也可用于校正水平平行线近大远小的透视变形，在操作上只需将前后座水平轴、垂直轴的关系互换一下（旋转90°即可）。实际运用中经常遇到拍摄类似玻璃幕墙等有较强反光的建筑或室内的镜面，正面取景会将照相机与摄影师一同映射进去。这种情况只需将照相机平移到建筑一侧足以避开反光的地方，再将前座向建筑方向平移，将建筑纳入画面。使用这种方法也能有效地避让开挡在建筑前面的电线杆等障碍物（图5.25）。

控制影像清晰范围。不能改变光轴的135、120照相机对于同一镜头只能通过缩小光圈来增大景深，而且小光圈的使用又受到光的衍射影响影像锐度的限制。而大型座机通过位移与摆动可以在最大光圈下轻松控制一个被摄体平面的清晰度范围。座机控制影像清晰度范围的基本原理是：当镜头平面、影像平面、被摄体平面的延长面相交于一条直线时，即可获得该被摄体平面的全面清晰影像。这就是沙姆弗鲁格原理（图5.26）。通过位移摆动控制清晰范围再加上缩小光圈，就能获得极大的景深以保证广告摄影所需的高清晰度。

（四）背景系统

1.背景纸

背景纸有全色的与渐变色的之分。连地无缝背景纸适用于拍摄全景人像或大型产品使用。渐变背景纸拍摄时可通过上下移动背景纸调节色彩的深浅和两种颜色的比例。

2.背景布

背景布一般采用无纺布浸染岩石粉色浆制成，有单色、油画幻彩、模拟实景等品种，可以清洗与折叠存放。

二.静物与广告摄影的质感表现

（一）传导型被摄体

光在被摄体中只有一小部分被反射而大部分由被摄体的自身所传导、散射或折射。这种被摄体最常见的就是玻璃了。透明的玻璃属于全传导型材料，类似还有水晶、透明的有机玻璃或塑料等。以玻璃杯为例，一般的表现方法有两种。

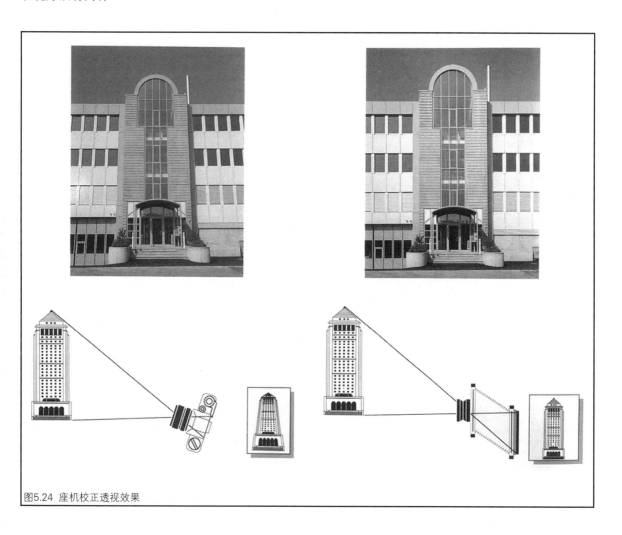

图5.24 座机校正透视效果

1.白背景时是"暗线条"法

该方法是不直接对玻璃杯布光，而是将光打到白色的背景上。背景同玻璃杯保持一定的距离，通过背景的反射从后方照亮并穿透玻璃杯。这时的玻璃杯杯体明亮通透，而杯的边缘则由玻璃的厚度将光折射形成暗色的线条勾勒出杯子的外形轮廓。使用暗线条法应注意背景与杯体应保持足够的距离；在取景器中观察打在背景上的光的范围要超出杯体的大小，背景也可用白色半透光有机胶板从后方打光形成明亮的背景光。如果杯体边缘的明暗线条不够深或过于细，则可在杯子两侧后方画面之外竖置两条黑卡纸，并调节其宽度与高度来控制映入杯边缘的暗线条的粗细与连贯性。

2.黑背景时是"亮线条"法

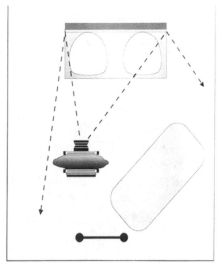

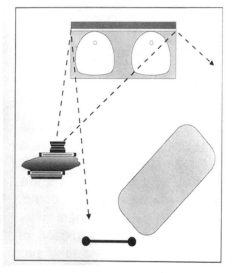

图5.25 避让反光（障碍物）

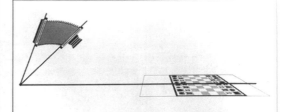

图5.26 选择调焦平面

　　该方法效果与白背景的"暗线条法"正好相反，是在深色底上用白色高光的线条将玻璃杯勾勒出来。用光则避免将背景照亮，一般在杯子后方两侧画面之外设置竖直长条的柔光箱以及顶部垂直向下的柔光箱来营造杯体轮廓反光的。同样通过调整柔光箱的宽度来控制亮线条的宽窄粗细。深色背景造成杯体也是暗的，往往缺乏质感，可以在杯子一侧前方加一个长条柔光箱或长条反光板以产生不是很强烈的连贯的一条高光带突出玻璃的质感。

　　这两种表现方法基本都是以表现玻璃杯自身质感造型为主的，而实际拍摄中经常会遇到玻璃制品特别是酒瓶瓶身上有不同的标签，还有有字的瓶盖等。这种情况在运用以上基本表现法的同时在被摄体的前方加反光板将光反射到瓶身标签或瓶盖等非传导型区域。

　　传导型被摄体还包括半透明的材料如磨砂玻璃制品，盛有半透明物质的玻璃瓶体、半透光塑料制品等，统称为半传导型。半传导型物体对入射光扩散散射的较多，用光可以比全传导型的光更硬一些，以侧逆光与逆光位为好。有的也可以用底光照明，光从底部穿透被摄体进入体内后散射开来会产生被摄体通体发光的感觉（图5.27）。

在需要重点表现被摄物的质感时，选用较小的光圈不失为一种有效的办法。例如拍摄表面纹理十分生动有趣的器物时，一般来说，收小光圈能获得较好的效果。这是因为镜头光圈被收小后，景深增加，且镜头的分辨率也因光圈收得较小而变得更好一些，这样就有利于表现器物的质感。

图5.27 化妆瓶 王骅 摄

（二）反射型被摄体

反射型被摄体是那些光洁度较高，能将入射光大部分甚至全部反射的物体，例如镀金镀银镀铬的金属制品、不锈钢制品、瓷玉制品以及经抛光的金属或塑料制品。在日常广告摄影中，小到一把不锈钢勺，大到一部汽车，反射型的被摄体无处不在，而这些反射体的最大特点便是会将周围的物体全部映在其表面。如果布光不好的话说不定在照片中被摄体表面可以找到拍摄者的身影！拍摄这一类物体的方法是：

1.全包围法

用半透明的硫酸纸或有机白板将被摄体周围全部围起来，光从外面几个方向均匀投射，造成里面的光连续均匀地照到被摄体上形成连续不断的高光，使被摄体看上去光洁铮亮。而这时的照相机镜头则是在确定了机位之后在包围的半透材料上挖一个洞伸进去拍摄。被摄体整体反射高光，在深色背景下十分醒目。

2.半包围法

有的被摄体外形轮廓及表面造型比较复杂，作全包围布光后若曝光稍过便会影响其细节的表现力。这种情况就应该采用"半包围法"布光：主光采用大面积的宽软光，在主光的另一边设置同样大小的反光板，使被摄体上有明暗之分，要特别注意在光源与反光板的间隙处设置黑色吸光板挡住周围被主光照亮的环境。也可以在全包围的柔光罩单一侧打光，利用光的渐弱产生明暗过渡效果。

3.其他方法

对付反射型被摄体的方法，还有使用降低反射的消反光喷剂或蜡膜。但使用得少了仍有反光，多了则掩盖住了被摄体本身的质感。一般可以和上述布光法结合使用（图5.28）。

三. 一般商品静物的拍摄方法

（一）玻璃器皿类

光在透明体里传播，只有少量散射。这就使得它们在常态的角度下观察都会呈现为透明的，并不容易清澈。玻璃器皿的质感表现关键在以下几点：投射光的入射角越小，反射的光越多，它的反光产生耀斑；光在穿透不同透明介质时会改变方向，产生折射；以切向光照射表面、边缘部分是不透光的，会呈现黑色或深黑的轮廓线。

不论玻璃制品的造型如何，它们光滑的表面对周围环境，尤其是对光

图5.28 历新 摄

亮的反应十分敏感。所以在拍摄时对被摄体与环境一定要隔离。摄影棚最好全部遮暗，任何漏光的缝隙都可能在玻璃表面形成耀斑。

（二）首饰类

首饰品类繁多，这类影像要充分表现出它的精度、美感和价值。拍摄前要在照明下仔细观察它们的造型特点。金银首饰表面造型虽有坚挺与圆润的区别，但总会在特定的方向照明时才会光耀动人。多面体的宝石更要求光照的方向性，只有在特定的照明条件下，才会显示出最绚丽动人的光彩，这样根据画面设计在台面上摆放首饰时，就要依据以上观察决定首饰的方位，使之尽量有利于照明。

首饰在台面固定以后，就可以根据前面所选定的最能表现它的质感和光泽的光位来布光。在仔细反复移动投射光时，要极其注意首饰的每个面、每条棱线是否达到理想明度。不同的首饰，尤其是宝石有不同的光泽，各个面在布光后要鲜亮，各棱边要清晰，但明度又要有别、有序，并要形成一个和谐的整体。

对金银首饰用光要软，对多面宝石应用直射光。如若过硬，可加扩散片或描图纸使其弱化。对金银首饰补光适用各种小反光板，包括金银两色。对宝石补光，要打出不同面的明度，不同棱边的高光，则不但可使用反光板，还可以使用反光镜和凹面镜。它们可反射或聚积起富有层次的光，使各棱边产生清晰的光亮。

（三）乐器类

类似于钢琴、吉他、大小提琴类的乐器以及其他例如家具等漆器类产品的拍摄，主要要处理好漆器的光泽和质感。

有木质纹理的，既要表现出表面的油漆的光洁，又要能清晰地看到木纹。要防止大面积过亮的反光将油漆下层的纹理和色泽遮盖掉，在用光上要准确控制反光的面积变化和明暗，一般采用单边渐变的柔光，高光表现出漆面的光泽质感，渐变到非反射角度的侧光表现其他面颜色和纹理。布光方法基本按照反射型被摄体的包围布光。

拍摄钢琴等贵重物品，最好采用专用的蜡液擦拭上光，也可以采用碧丽珠一类的上光清洁剂。在清洁上光完成以后，按快门之前要再使用吹气球或压缩空气将表面新落上的尘埃吹去（图5.29、图5.30）。

（四）酒与饮料类

各种类型的饮料、酒类广告都属于上镜率最高的广告。这是一种消费人群最广、消费量最大的生活用品。

酒与饮料的容器有金属的、玻璃的，透明的、亚光的等等，而液体又有有色的、无色的、透明的，温热的、冰冷的，而对诸如此类的各种形式，加上不同饮料的口味和功能，广告创意自然而生。

酒和饮料本体的表现主要在于包装的材质造型，一般透明的玻璃或塑料的包装瓶在拍摄时以传导型被摄体布光方法为主，要兼顾瓶盖与瓶身上的标贴这些不透光材质，甚至很多瓶盖瓶贴具有金属光泽，加上很多酒和

图5.29 乐器拍摄 王骅 摄

图5.30 乐器拍摄 王骅 摄

饮料本身颜色很深（例如红酒、可乐），瓶身表面亦会出现明显的反光，这样就为综合布光带来了很大的难度。一般如果瓶子正面有较强的反光，

图5.31 王骅 摄

可以采用反射型被摄体的包围布光法相结合，控制正面的反光。而传导型的背后透射光的亮度直接影响了饮料本身的色泽，所以在布光中要准确地把握好背透光和正面光的亮度比例（图5.31）。

（五）食品类

食品是较难拍摄的题材之一。或许是因为许多食品质地松软、稍碰就会变形，或时间稍长就变质。因此必须在拍摄时，要注意食品的特点、价值和消费对象的身份，还要注重饮食习惯和如何才能刺激食欲、吊人胃口等信息。食品摄影即是以食品为主题、主体，构图、布局就不能喧宾夺主。餐具、背景、陪体的选择要简洁而有特点，在强调主体的基础上还要使之素雅、洁净与和谐。有时画面色调过于统一，可画龙点睛地放点对比色的配料或摆设，使画面提神。但明度要适宜。

1.要表现垂涎的食欲

为了保持食品的鲜美感，还可以在食品上喷洒或涂上一些特殊的液体，或将某些物质注入食品之内，以保持其色泽、表面质感和新鲜外貌。最典型的例子是在拍摄水果时，在水果的表面涂上一层薄薄的油脂，然后再喷洒水雾，就会使水果产生鲜美晶莹的效果，再通过侧光的照明，真会让人垂涎。

2.要表现食品的热气

可以根据不同的食品灵活处理：想增强一般食品热气腾腾的效果，可以在全部的布光完成后，找一根细管子，如喝饮料用的吸管，口中吸一口香烟的烟雾，将吸管对准被拍摄食品的表面方向，用力喷出一口烟雾后，迅速离开，等烟雾上升到最佳的状态时及时按下快门。注意，要使以上的烟雾效果在画面中比较明显，在布光时最好使用逆光或侧逆光的照明，并选择深暗色的背景，缭绕的烟雾就会在深色的背景中袅袅升起，令人遐想。

3.要表现食品的新鲜

在拍摄蔬菜时，可以将蔬菜事先放在碱水中浸泡一下，就能使蔬菜获得鲜绿的新鲜质感。拍摄切开的苹果，应在盐水或柠檬水中浸泡，以免时间一长接触空气变色。拍摄烹饪好的肉类、鱼类食品，可以在拍摄前涂抹一层精制食用油或者蜂蜜，使食物显得特别新鲜（图5.32）。

四.广告摄影画面的创意

（一）创意的视觉化设计

在广告视觉传达上，摄影艺术比语言和文字更能有效地传达更多的信息。广告创意很大一部分依赖于摄影图像的表达传播。要将创意构思视觉化，要充分掌握和利用组成画面的各大要素。

1.色调的效果

色调在摄影中有两种含义：一是指照片的基调。二是指景物在照片上再现的深浅。高调照片能给人明快、纯洁、宁静、淡雅和舒畅之感；低调照片给人深沉、神秘、稳重、含蓄和倔强的感觉。

2.影调的效果

影调是指被摄体影像明暗过渡的变化情况。不同的影调能产生不同的视觉效果。丰富的影调有助于产生恬静、温和、舒畅之感；粗犷的影调给人以跳跃、刚毅、兴奋、激烈的感觉。影调对比越强烈，给人的视觉感觉越醒目。

3.线条的效果

照片上的线条，具备形状与美感、情感与色彩，意象效果与艺术魅力。不同的线条给人的感受相对概括为：粗线条强，细线条弱；曲线条柔，直线条刚；浓线条重，淡线条轻；实线条静，虚线条动。在线条中，又有竖、横之分。竖线条给人以庄严、有力、坚实、高耸之感。横线条则给人以平稳、舒展、宁静之感。曲线条流动、优美、活泼、有纵深感和富有动态的感受。还有重复线条的排列，给人以整齐、渐进、欢快、富有韵律和节奏感。

图5.32 王骅 摄

4.视角变换的效果

不同的摄距，不同的方向，不同的高度，会带来完全不同的画面意象效果，角度变、构图变，不同的角度，产生不同的视觉效果。远景拍摄，表示广阔深远，气势宏伟。特写拍摄，刻画细腻，强化突出重点效果。正面拍摄，表现对称、庄重、静穆、呆板；背面拍摄，表现含蓄、别致、多姿、联想；俯拍，表现为景深清晰、场面盛大，空间感和线条美；仰拍，表现腾跃、夸张、豪放、变形异化的效果。

5.虚实的效果

虚实结合创作有4种功效：一，突出主题。实为主，虚为辅。二，表现动感。静与动、虚与实，图像栩栩如生，产生动感和艺术美感。三，增强空间感。利用人的视觉错觉，使两度的平面照片上产生三度空间的视觉效果。四，表现意境。虚虚实实，藏山露水，催人浮想联翩，有助于广拓思路，加强意境效果。

（二）创意的表现形式

1.个性特色设计

任何一种商品均有自己的作用和个性。突出商品的个性特征，一方面可以适应市场的需求，另一方面可以说明该产品与其他产品包括同类产品的不同点，展示出商品的个性，对消费者更具吸引力。

2.间接陪衬设计

这种方式表现效果不是直接去展示商品本身的形状、质感，而是注重用艺术化的手法去渲染气氛，通过客体的媒介来引出商品的主体的效果。客体仅仅作为一种装饰与过渡，去调动观众的注意力，其真正目的是让观众在欣赏"艺术"创作的过程中，引发对商品的关注，由此达到广告促销的目的。

3.幽默夸张设计

这是一种能使画面具备创新与活力的表现形式。将商品的自身魅力，通过合理的变形夸张设计处理成一种既能引人发笑又耐人寻味的幽默形式，让消费者在笑声中不知不觉地接受商品信息，而往往这种方式给观众留下的印象是最深刻的，特别能产生记忆。

4.联想体验设计

广告摄影师创造的商品"形象"，能够充分引起观众的联想，联想到自己使用这种商品时的感觉和好处。联想作为一种特殊的思维活动，以客观事物为对象，连动人的感情，并使这种感情就取极强的放射性张力，是审美感受过程中的心理活动（图5.33、图5.34、图5.35）。

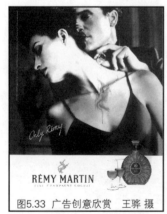

图5.33 广告创意欣赏 王骅 摄

图5.34 广告创意欣赏 王骅 摄

图5.35 历新 摄

1．分别用亮线条和暗线条两种表现方法拍摄同一个玻璃器皿。
2．用包围式布光法创意拍摄一套不锈钢质地的餐具。

第四节 体育摄影

在所有摄影项目中，体育摄影最具挑战性，也可以说是难度最大的拍摄题材之一。体育活动本身竞争性极强，拍摄时机稍纵即逝，特别讲究抓瞬间，对摄影者的要求相当高。体育摄影的目的就是把运动中的激动人心的精彩瞬间凝聚在平面照片上，体育摄影作品虽然是静止无声的画面，但它却可带给人们紧张激烈的竞赛气氛和惊险优美的瞬间（图5.36、图5.37、图5.38、图5.39），体育摄影和体育运动一样，是力量与美学的结合，因此能

与光圈优先正好相反，快门速度优先模式是优先让摄影者选择符合自己意图的快门速度，照相机上的微电脑根据摄影者选择好的快门速度，自动给出使被摄物获得适度曝光的光圈。快门速度同表现被摄物的运动效果有着密切的关系。这种模式让摄影者在一定范围内自由选择快门速度，目的是让摄影者能够根据主观意图来控制动态被摄物，使之形成不同运动效果的图像。例如拍摄体育运动场面，摄影者通过控制快门速度，既可使被摄物形成动态"定格"的画面效果，也可使被摄物部分虚化。快门优先模式在这种场合下使用十分便利。

图5.36 体育摄影

图5.37 追逐 洪南丽 摄

图5.38 体育摄影

图5.39 体育摄影

体育摄影常用"连续随动自动对焦"方式摄影，这种自动对焦方式的工作过程是这样的：当摄影者按下快门钮约一半时，自动对焦机构立即开始进入并保持连续动作、连续对焦的工作状态。因此，摄影者能以照相机画面中心的自动对焦区域随心所欲地追踪一个活动目标，照相机自动对焦系统根据目标移动的情况不断重新聚焦，也就是说，被摄影者"瞄准"的目标保持着经常的聚焦状态。为什么要这样呢？因为，为了使所摄动态被摄物形态更为完整或为追求构图的更加完美，在许多情况下都是用照相机"瞄准"目标并要求保持对目标的聚焦状态，但并不按下快门拍摄，而是等待时机。对于这一点，摄影者经过一段时间对活动目标进行追随聚焦的操作，就会有深刻的体会。另外，这种自动对焦方式也能满足摄影者在原聚焦点之外发现更为理想的目标而需快速转移聚焦点的特殊要求。

中国高等职业院校艺术专业系列教材

摄影基础

第五章 专题摄影

给人独特的感染力。

体育摄影的核心就是要把运动员的精湛技艺和忘我拼搏的动作、神态瞬间永远凝固，以充分体现"更高，更快，更强"的奥运精神。在某种意义上来说，每一场体育赛事都是对运动员的检验，而每一次体育摄影对摄影者来说也是一次严峻的考验。

一.体育摄影对器材的特殊要求

（一）照相机

体育摄影对照相机硬件要求比较高，因此体育摄影从业者几乎都使用最先进的摄影器材。一般拍摄建议使用便于携带可随时抓拍瞬间的单反照相机，尤其是高性能的数字照相机，配合大容量的存储卡，一次就可储存数百张高精度的照片，中途也无需更换胶卷，是最理想的器材。体育摄影对相机的具体要求是调焦速度快，快门时滞不明显，具有敏捷的动态调焦性能，具有较强的连拍功能，以便必要时连续拍摄抓取瞬间。就数字相机而言，像素以高为好，高像素照片即使作些剪裁也不至明显影响画质。

（二）镜头

最好配备2～3个镜头，一个为300mm以上的大口径长焦镜头，拍摄足球比赛等需要远距离取景的内容；一个为80～200mm的镜头；另外一个为28～85mm的镜头。这样3个镜头涵盖了广角到长焦的范围，无论拍摄什么内容都可得心应手。其中的28～85mm镜头主要用于拍摄自己周围突然发生的事件，包括在人群中拍摄等等。此外有条件者还可以备一个增距镜，在必要时还可适当延长焦距以满足远距离拍摄的需要。

（三）脚架

由于大口径长焦镜头外形大、分量重，长时间手持相机拍摄不但很累，而且在按动快门时容易晃动，因此最好随带脚架拍摄。尽管使用三脚架比较稳定，但相对来说三脚架分量重，使用时灵活性也较差，一般可准备一支独脚架，需要时支起独脚架拍摄，更能保证相机的灵活性和稳定性，确保成像清晰度。

二.体育摄影的必备要素

（一）熟悉所摄对象和内容

体育项目非常丰富，牵涉的内容非常广泛，比如说球类、体操、田径、游泳、射击等等，其中仅体操比赛就有多个项目，此外还有艺术体操等，作为摄影者不可能熟悉所有的体育项目，因此在平常实践中要做有心人，通过多多观看他人的作品或电视画面解说等来了解运动规律比赛规则或相关要领。要拍摄自己不熟悉的内容前，有条件者最好能预先向有经验的摄影者请教，了解注意事项等，熟悉自己所要拍摄项目的竞赛规则和技术动作特点等，对提高拍摄成功率很有帮助。

除了要了解活动的特点外，如果能熟悉主要被摄对象的个性和动作习惯等，不但能提高拍摄成功率，而且对拍摄到富有特色的镜头也有帮助。有些著名运动员，当他（她）们在赛场上获得可喜突破，为自己为祖国人民赢得荣誉后，常常会有一些典型动作来表示自己的兴奋喜悦，熟悉他们的行为个性，便于拍摄到生动感人的画面。

（二）要有预见性

"更高，更快，更强"的奥运精神可以说是体育活动精神和特点的概括，由于体育运动有快速变幻莫测的特点，预见性中包括两点：一是对体育比赛现场高潮出现的预见性。拍摄有些内容时需要恰当运用快门提前量，不然难以得到精彩的瞬间，拍摄时必须要在动作达到高潮和精彩瞬间出现之前的一刹那按动快门。比如说拍摄足球射门动作，就要掌握最佳的快门提前量，如果在球员的脚已经碰到足球时启动快门，画面中往往已经没有足球了。二是拍摄者不但要对所拍摄的项目的特点和对被拍摄运动员的动作出现高潮较为熟悉和充分了解，还要对自己所使用的照相机性能有充分的了解，包括对各种新型数字照相机的快门性能情况，只有充分了解和利用相机快门的时滞特点，合理控制释放快门的提前量，才有可能确保摄取最佳瞬间（图5.40、图5.41、图5.42、图5.43）。

三.体育摄影的表现手法

体育摄影的要点就是一个"快"字。在正式比赛或表演现场，摄影师和运动员显然无法交流沟通，只有通过"抓拍"才可能把体育运动中精彩激烈、扣人心弦且稍纵即逝的瞬间捕捉下来，因此"抓拍"是体育摄影的基本手法。体育摄影通过"抓拍"的手段，一般着眼于这几个方面展开：

图5.40 最佳瞬间

摄影是一种捕捉瞬间影像的过程，它不像电影、摄像那样能表现动态被摄物的连续动作。但是，采用一种适当的稍低的快门速度来曝光，使被摄物的一部分形成模糊的效果，同样能给人一种动的感觉。

中国高等职业院校艺术专业系列教材 ■ 摄影基础 ■ 第五章 专题摄影

图5.41 最佳瞬间

百米赛跑中的运动员让人感到眼花缭乱、目不暇接，凭肉眼是难以看清被摄物每时每刻的真正表情的。只有通过高速快门将被摄物动作的一瞬间"定格"成一幅照片，才能把那扣人心弦的瞬间紧张感淋漓尽致地表现出来。通常用1/1000秒、1/4000秒，有时甚至用高达1/8000秒的快门速度来达到这个目的。

图5.42 最佳瞬间

（一）新闻热点

体育新闻中也会有热点新闻，对于热点新闻不但要拍摄到，而且要尽可能拍全，要多角度予以表现。在2006年德国世界杯比赛中的齐达内头顶马特拉齐事件中，路透社记者拍摄了裁判举红牌，红牌举过头顶，齐达内离开赛场，走过大力神杯，队友相劝等等几乎所有能拍摄的镜头，因为这是世界杯比赛中最大的热点。有无数受众对此感兴趣。此外某一时期在体能或技术上处于巅峰时期，频频夺冠或有可能夺冠者的活动也是新闻热点，同样需要特别关注。

图5.43 最佳瞬间

闪光发光的时间非常的短，通常为数百分之一秒或数千分之一秒，特殊的闪光灯甚至能进行数万分之一秒的闪光。闪光时间短，就是照在被摄物上光的时间短，闪光在被摄物上照射这样短暂的时间，其效果可以理解为与快门打开同样短的时间让胶片曝光相同。这也就是为什么说在阴暗的环境中能依靠闪光将高速运动的被摄物清晰地记录在胶片上，或者在阴暗的环境中用闪光拍摄，一般不会发生手持照相机抖动的缘故。

（二）突发事件

体育摄影的范畴很广，它还包括了比赛现场与体育活动相关的所有活动。以拍摄足球而言，除了拍摄球场上运动员之间竞技外，当某支球队久攻不进而突然飞脚进球后，现场球迷必定会有相应的激动反应。如果对此有预见有准备，同样能拍摄到精彩镜头。仍以2006年德国世界杯比赛齐达内头顶马特拉齐事件为例，这是一件谁都无法料到的突发事件，突发事件发生时，需要摄影者冷静地将事件的开始、发展、结束等重要过程拍摄记录。这除了要求摄影师能眼观六路耳听八方外，还要有新闻意识和相关的心理准备，这样在面临突变时才能做到不慌不忙，胸有成竹。

（三）最佳瞬间

在某种程度上来说，体育摄影主要是为了表现人的力量和形体美，因此要着眼于"更高，更快，更强"的角度来抓取最佳瞬间。比如说拍摄跳高、撑杆跳运动就要抓运动员跨越过杆的最佳瞬间，拍摄跨栏就要将运动员相互间的差距和动作差别表现好，拍摄体操就要将运动员高难度动作的形体美刻画好，各种不同的运动项目都会有典型的最佳瞬间，摄影者要在有预见的前提下及时抓取最佳瞬间。

（四）利用细节

前些年曾有一组在"荷赛"获奖的体育照片，就是通过运动员在快速奔跑时自然流露的脸部表情等间接反映运动场上激烈争斗的气氛，还包括在运动员双脚进入沙坑时，沙土飞溅，黄沙犹如浪花散开的特写等细节描写，这种用间接描写的手法来反映体育比赛，同样给人留下十分强烈的印象。不过在拍摄这些细节时，需要摄影者对该项运动内涵有较深理解，还要求摄影者具有较强的提炼捕捉典型瞬间的能力，在画面中既要反映力量，还要体现美感。

（五）人物特写

体育摄影时因场地原因、安全限制，以及不妨碍运动员正常发挥角度出发，摄影者都在较远的摄距拍摄，即使采用300㎜的长焦镜头，甚至加用增距镜拍摄，最多也只能拍摄到结像较大的人物形象，要拍摄特写的难度很大。如今，大都采用APS-C规格的数字相机，由于镜头焦距增加了0.5倍，焦距的延长为摄影者拍摄体育人物特写提供了更大可能。目前各大图片库中表现竞技状态中体育名将的特写照片很受媒体欢迎，摄影者在实践中要多多留意拍摄（图5.44）。

四.特定拍摄项目和场地的制约

对于有经验的摄影者而言，有利的拍摄位置和拍到最佳瞬间的照片密切相关，好的拍摄位置预示着好的拍摄角度，自然直接关系到照片质量。但作为一种很特殊的社会活动，体育摄影的拍摄位置在很多情况下并非由

把握各种自动摄影模式的内在联系并能灵活使用的好处是，我们在摄影操作中不必因拍摄要求的不同而频频重新设定自动摄影模式。例如当我们正在拍摄一系列有关赛场上运动员进行激烈比赛的照片时，自然选用了快门速度优先自动曝光模式，其间突然打算拍摄一幅场边教练员的特写照片，而教练员处于静态，且人物特写往往需用"光圈优先"的方法虚化背景，若摄影者为了拍摄这一幅人物特写照片，把原先的快门速度优先自动曝光模式转为光圈优先自动曝光模式，然后再转为快门速度优先自动曝光模式，这样就很麻烦！且稍有疏忽忘了转化摄影模式，就有可能眼看着精彩的比赛场面从自己眼皮底下溜走。在这种情况下，完全不必如此麻烦，只要在快门速度优先自动曝光模式的状态下调整快门速度，直至照相机给出的光圈符合对人物特写景深控制的意图即可。

图5.44 头球 洪南丽 摄

摄影者自己任意选择，它有着相应规则和必须遵循的要求。

（一）不同项目都有相应规则要求

不同的体育运动项目，需要不同的场地和条件，比赛规则要求也不同，给摄影者提供的摄影区域也各不相同。有些运动项目需要绝对安静，哪怕是极微弱的声音，包括按动照相机快门所发出的声响，都会影响运动员的技术发挥。所以像台球、高尔夫等项目在正式比赛时，严格规定：在运动员击球前不允许按动照相机快门。例如足球、篮球、排球、曲棍球等一般规定在底线两侧拍摄；乒乓球、体操一般是在挡板外指定区域拍摄；田径（图5.45）、赛车、网球则另有划定的摄影区。

图5.45 田径比赛（在终点区正面拍摄）洪南丽 摄

每一位体育摄影者在进入拍摄现场前必须熟知相关规定，并且只能在规定的摄影区域里选择拍摄位置。体育摄影者必须严格遵守比赛有关摄影区的规定，反之则影响运动员水平的正常发挥，甚至会造成更大的损伤。因此作为摄影师或摄影记者，在任何时候都要严格遵守相关规定，在任何时候纪律和安全永远处于第一位。

（二）关于最佳位置的选择

摄影者需要根据自己所拍摄的运动员（队）的技术、战术特点，在指定摄影区域内选择最佳的拍摄位置。例如拍摄足球比赛，取决于是要拍摄主队进攻，还是要拍摄客队进攻，进而选择在哪一边的球门后；而所要拍摄的队或某个运动员的特点是左路进攻强，还是以右路进攻为主，又决定了摄影者应该站在球门的左侧还是右侧进行拍摄；这就需要摄影者预先对被摄对象有一定了解后决定。而体操、乒乓球、羽毛球、网球和田径等项目则要根据每个运动员的个人技术特点来决定拍的站位。

当然在选择最佳位置时还要考虑到一些其他因素，比如说是否具有良好的光线效果？是否符合自己所配备的镜头的视角和摄距？同时还要尽力避免因杂乱背景而可能影响主体表现的拍摄位置等（图5.46）。

使用"连续随动自动对焦"方式时，摄影者随时都可以释放快门。用通俗的说法就是，即使照相机对焦系统还没有完全把焦点对准目标，摄影者也将快门按到底完成拍摄。事实上，由于现在的135自动对焦式单镜头反光照相机的性能不断完善，特别是自动对焦速度已达到了相当快的程度，所以，理论上认为有可能出现的摄影者先于自动对焦系统完成聚焦而启动快门进行曝光的情况，实际上几乎不会出现（在自动对焦系统能够检出目标焦点的正常情况下）。显然，这样做的目的是保证摄影者在遇到理想的画面时能及时释放快门完成拍摄。所以，相对于以"聚焦优先"的"一次拍摄自动对焦"方式，这种把对焦当做另外一回事、摄影者能随时启动快门拍摄的"连续随动自动对焦"方式，通常也被称作"快门优先自动对焦"方式。

图5.46 背跃式跳高（侧面拍）洪南丽 摄

五. 体育摄影作品的创作技法

体育摄影属于严格的纪实摄影，但为了艺术地多方位地体现"更高，更快，更强"的体育精神，进行体育摄影创作时还可采用以下方法：

（一）高速快门拍摄

一般在体育摄影中经常运用长焦镜头拍摄，而且有很多项目不许使用闪光灯（或者因摄距远，开启闪光灯也没有意义），因此常常采用1/250秒以上的快门时间，而近距离拍摄短跑跨栏等高速运动项目或拍摄赛车等，常常还得选择更高快门时间。否则容易因曝光时间长，运动对象速度快而呈现主体模糊现象而导致拍摄失败。通常从保证运动员成像清晰角度出发，体育摄影中常常根据拍摄现场和胶卷感光度以及镜头最大口径等实际情况，尽可能采取最高快门时间拍摄。由于现在流行的拍摄器材为数字照相机，数字照相机可随时调整感光度的优势也为摄影者选择更高快门时间提供了更多便利。

（二）低速快门拍摄

当然在体育摄影中不是绝对不可使用低速度快门，在拍摄那些运动速度不是太快的内容时，恰当采用较低的快门，在体现动感的前提下还可获得较特别的艺术效果。比如在拍摄艺术体操时，采用低于1/60秒的快门时间，可以将运动员挥舞或抛接的器械等表现得富有动感。在拍摄长跑运动员起跑瞬间时，采用1/30秒左右的慢速快门，画面可体现出一定的动感效果。

快门时间和动感反应的关系相当密切，选择的快门时间低，运动对象的速度感就会得到夸张。因此运动对象动感强烈与否，在一定的程度上也可借快门时间来反衬。相对来说，快门时间低于物体运动幅度，就可在相对虚化或晃动的图像中反映动感。而且两者常常呈现反比关系，快门时间越长，运动效果就越强烈；而快门时间越短，画面动感就会被凝固，动感效果也相对削弱，因此以慢制动也是创造动感的常用方法。

（三）追随法拍摄

拍摄横向快速运动对象，比如拍摄运动员跑步镜头时，有个较常用的表现动感的拍摄法——"追随法"。所谓"追随法"就是照相机在曝光瞬间随着被摄对象作相对同步的移动，在移动的过程中完成曝光，通常采用此法拍摄不需选择过高的快门时间。一般可选择1/60秒左右的快门时间。

"追随法"的特点是一边拍摄一边晃动照相机，由于运动对象和照相机作同步移动，便成为相对静止的对象，成像比较清晰；而原来静止的背景因照相机在曝光瞬间的移动而变成了相对运动的对象，所以呈现出明显的虚化效果，最后就形成了人物清晰、背景模糊极具动感的画面照片。这种一边按动快门，一边随对象同步移动的拍摄法需要一定的经验，也有相应难度，建议在完成往常正常拍摄任务后再采用此法拍摄，而且还应适当多拍几张，以便挑选（图5.47、图5.48）。

（四）多次曝光拍摄

有些富有创意的摄影师在体育摄影中采用多次曝光法拍摄过一些杰出体育摄影作品，因此有条件者也应作些相应尝试，以进一步丰富体育摄影创作的表现手法。体育摄影的多次曝光主要利用一个画面来展现运动员活动过程的多个典型动作的瞬间。一般拍摄常结合电子闪光灯的频闪来完成，在拍摄前最好通过试验以确保成功率。

不过多次曝光在实际操作中有一定难度，对曝光量的控制，人物曝光位置的安排等都要有严谨的考虑，而且常常需要在合适的位置安排闪光灯，照相机要有多次曝光功能，拍摄时要保持照相机的稳定不动，对照相机和闪光灯的器材要求也比较高。一般建议在训练场地实践拍摄以获得经验，在正式比赛场合则要谨慎对待，以免影响主要拍摄任务的完成。

图5.47 追随法（斜向追随）洪南丽 摄

优先确定好一种合适的较低快门速度，用追随拍摄方法拍摄动态被摄物。当表现快速行驶的汽车、自行车等动体时，在照相机快门开启的瞬间转动照相机追随动态被摄物，就能拍出被摄物基本清晰、背景具有流动感的照片。这是传达动体动感的另一种方法，恰好与主体模糊、背景清晰的方法相对应。

图5.48 追随法拍摄

练习与实践

1. 如何正确掌握按动快门的提前量？
2. 试拍3个不同的运动项目，拍摄时注意抓取该项目的典型瞬间。

第五节 舞台摄影

顾名思义，"舞台摄影"就是运用摄影手段，表现舞台上的各种艺术表演。戏剧、音乐、舞蹈、杂技等摄影活动，都属于舞台摄影范畴。

由于受到舞台形状、大小的限制，现场灯光的变幻以及各种舞台演艺的形式多样化，因此舞台摄影是在特殊的环境里，拍摄有一定难度的情况下进行的。但是，只要我们熟悉和掌握舞台摄影的规律，充分发挥主观能动性，在实践中提高，在摸索中总结是完全能够拍出具有独特艺术表现力的摄影佳作。

一.舞台摄影的器材选择

在舞台摄影中对感光材料的选择是至关重要的。由于舞台灯光的色温在3200K左右，舞台灯光的照明相对来讲较弱，采用ISO100的日光型彩色胶卷很难满足舞台摄影的需要，因此，应该选用高感光度的灯光型胶卷，例如ISO400的灯光型彩色负片或灯光型彩色反转片。如果用数字照相机来拍摄的话，则应把白平衡调置在灯光是3200K的色温上下。

另外必须指出的是舞台摄影不能使用闪光灯。如果在舞台摄影中使用了闪光灯，既破坏了舞台灯光的造型效果，又影响了舞台上演员的表演情绪，也影响到观众的欣赏情绪。

为了减少在握持照相机拍摄过程中的抖动，这种抖动哪怕是很轻微的，都会影响到成像的清晰度。在舞台摄影中，使用一副结实而又灵活的三脚架或独脚架是十分必要的。它对你能全神贯注地抓取舞台上的精彩瞬间并保证影像的质量是很有帮助的。

二.舞台摄影的曝光技术

由于舞台灯光种类繁杂，光源色温多变，舞台演区照度变化多端，选用何种曝光组合成为舞台摄影曝光的关键。舞台摄影曝光的关键在于找准拍摄主体，演员是舞台上的主体，主要演员在舞台中起着主导的地位，因此要寻找并确定舞台上的主体决定曝光的标准。在舞台的灯光照明设计中，往往以主要演员的面部照度为基准的。可以运用照相机上的长焦距镜头直接对准演员的脸部测光（演员的脸部应该充满镜头）。使用照相机中的"点测光"测光模式，或者使用独立式的点测光表来测量被摄主体的脸部。根据所得到的EV值或曝光组合进行曝光，就能得到合适的曝光。

舞台上，演员会因剧情的变化而不断地移动位置，其面部的照度也在不断地发生变化，摄影师应根据这种变化及时地作曝光组合的调整，如果使用照相机自动曝光的功能，则要作曝光+1、+2、-1、-2的曝光补偿处理。

三.舞台摄影的调焦技术

正确地掌握舞台摄影中的调焦技术是获得优秀舞台摄影作品的关键。这是因为舞台上的演员位置经常在移动，特别是在舞蹈的表演中，演员的移动幅度较大，摄影师的跟踪调焦更为频繁。其次，舞台摄影中常采用大光圈，因此景深小，对聚焦的要求则更高。如果使用具有自动调焦机构的照相机，对于摄影师全心投入抓取主体人物最佳表情和动作是十分有益的。一台多点调焦或利用眼调焦的自动调焦照相机，在舞台摄影中是十分有用的。

在摄影师的跟踪调焦中，也有一些摄影者不依赖AF自动调焦系统，而是偏爱手动调焦。这就要求摄影师具有相当娴熟的手动调焦技巧。手动调焦能避免自动调焦时的错误判别所造成的调焦失误。

四.舞台摄影的色彩还原

舞台上光源的色彩变化很大，这种变化跟光源的色温有关，也有为了营造气氛在舞台的灯具上加用了滤色镜。舞台的灯光色温通常是3200K左右，因此选用灯光型的胶卷较为适宜。如果选用的是日光型的胶片时，则需要加用换型彩色滤色片（雷登80A），使光源的色温提升到5600K，这样色彩的还原就较准确了。

有些舞台摄影的作品，在拍摄时注重强调舞台灯光的现场气氛，不使用彩色校色温滤色镜，从而达到一种特殊色调的艺术效果。

五.舞台摄影的艺术表现

舞台摄影是摄影者在剧场中运用照相机，在一定的拍摄位置上，通过取景构图，按照摄影师本人的审美意识，敏捷地将舞台上演员表演的美好

瞬间拍摄记录下来。因此，镜头聚焦在哪一点，在哪一瞬间按动快门，就是舞台摄影者艺术追求的目的。

一幅优秀的舞台摄影作品应该具备摄影艺术中所追求的构图美、造型美、影调美和动感美等艺术要素。

（一）构图美

舞台摄影艺术中的美感首先是通过画面的构图来体现的。在舞台中拍全景、拍局部还是拍特写，这完全是按照摄影者在观察舞台整体效果的基础上，通过镜头取景，进行合理取舍，达到艺术的再创作过程。一幅构图完美的舞台摄影作品，应该是主题突出，画面均衡（图5.49）。

（二）造型美

造型美本身就是舞台表演艺术中最基本的特征，也是舞台摄影艺术中

当聚光灯追随着演员在舞台上活动时，若要拍下演员的照片，就应按聚光灯下演员的光线曝光，而并不考虑周围处于阴影中的布景。这时同样可通过局部测光方式来获得对演员的正确曝光。

图5.49 构图 祖忠人 摄

必须强调的美感形式。造型是指演员在舞台上表演时的姿态和神态。什么时候演员的姿态最动人,什么时候的神态最感人;对摄影者来说必须事前有所了解,也就是说舞台摄影必须在拍摄前了解剧情,对演员根据剧情的变化所作的舞台调度有充分的了解,这样才能根据剧情的发展,不失时机地抓住精彩的瞬间(图5.50)。

（三）影调美

舞台灯光照明五彩缤纷,新型光源层出不穷,这为舞台摄影艺术中影调的表现的多样化提供了良好的条件。由于舞美的布置和灯光的设计是随

图5.50 构图 祖忠人 摄

剧情的变化而变化的，随着剧中主人公的情感变化而变化，时而呈暖色调，时而呈冷色调，时而呈高调，时而呈低调。所以，把握好舞台摄影艺术中影调的处理对于烘托主题、突出人物性格起着推波助澜的作用（图5.51）。

（四）动感美

动感美在舞台摄影中是最具艺术魅力的，同时也是摄影者在技术上最难把握的表现形式。

舞台上的演员因剧情的要求形体动作的变化幅度很大，很激烈，尤其在舞蹈、杂技、戏曲中的武打等表演，演员的运动速度都很快。然而要将这些运动中的瞬间、动感凝固在照片上，必须对演员动作的起伏规律，对演员动态发生的各种先兆要了如指掌。同时在掌握快门开启的时机上要恰到好处。这就要求舞台摄影者勤学苦练，不断地实践。一个具有较强美感意识的舞台摄影师，必定会创作出优美的动感舞台摄影佳作（图5.52）。

图5.51 舞台影调 祖忠人 摄

图5.52 舞台动感 祖忠人 摄

练习与实践

1.请说出舞台摄影中四大技艺要素。

2.试拍一张造型美、一张动感美的舞台摄影照。

第六节 时装摄影

时装摄影是一种用摄影图片来反映当前流行时尚的一种形式。1909年，美国《时尚》杂志为探索这种更富想象力的时装摄影提供了平台，这个窗口充分展示了当时人们对新潮服装最具特色的理念，同时也诞生了一批杰出的时装专业摄影师。时装摄影以宣传时装、推销时装为目的，带有很强的商业性。时装摄影极富有挑战性，它是社会、经济、文化、时尚的综合，这就要求摄影师必须具有强烈的超前性及极高的审美取向。

一.时装摄影的形式特征

（一）传播时装信息

拍摄时装照片的主要目的，是为了传达新式的时装款式，提供流行和时尚的服装文化信息，具有极强的商业性，它更多属于商业广告性质的照片。它的专业性决定了摄影师不以审美为主要功能，不以反映摄影师个人趣味、情感与思想为主旨，而是以传播时装信息为主要功能，这是前提。

（二）体现艺术风格

同时时装摄影以摄影艺术为表现手法，通过形象化的摄影语言符号，艺术性地有效传播时装信息，在不违反真实、准确、可信的基础上，充分运用摄影的技术手段和艺术手法，从而达到既要求表现清晰、逼真的客观形象，又必须具有妩媚、生动的艺术效果。

（三）目前流行形式

时装照片的概念极为宽泛，主要是讲究时髦的经济上自主独立的女性。现在，脸蛋像瓷器一样光洁细腻的模特儿被日常生活中真实的、生气勃勃的女士所取代。她们举止高雅，但又毫不做作。这类照片的背景均取自日常生活，自然朴实，而把更多的注意力集中在形式和审美意义上（图5.53）。

二.时装摄影的表现手法

（一）环境与道具的选择

1.环境的选择

室内拍摄与室外拍摄的最大区别是光源不同，室外自然光不可能根据摄影师的要求随意改变，但在自然光下拍摄时装作品，显得更贴近生活，更有情趣和舒适感，使用的设备也少；室内拍摄则可以根据摄影师的要求，对光源随意改变或进行有效的控制，能把服装的款式、风格、面料等

表达得淋漓尽致。在空调的作用下，模特儿神情清爽，状态极佳，但缺少生活化。

　　在拍摄那些高档时装时，应尽量体现奢华、高贵，从总体和细微的局部经典的穿着环境入手，选择一个相应的拍摄场所显得很重要。对于那些休闲便装，要善于营造欢乐轻松的气氛和无忧无虑的境地，利用大自然的阳光、风、水，拍摄出充满青春活力、健康自信的快感（图5.54）。

图5.53 目前流行的时装摄影形式　江彦 摄

图5.54 休闲装 江进华 摄

2.道具的选择

包、帽、伞、鞋和首饰等都是常用的配件和道具，有时可配几种不同款式的椅子。如果是在室外拍摄则可利用现成的物体作为道具。

（二）模特走秀的表现

在众多的时装摄影中，女装的拍摄是主流。女装时装摄影中要强调的是曲线美，美丽的线条通过模特儿美丽的身体曲线加以衬托，从而突出时

装款式，这样的作品好像是给男人看的，实际不然，女人们看了这样的画面，会产生一种联想，认为自己穿上它也会很美，从而产生购买欲。

模特走秀表演的拍摄，应该把重点放在产品流行趋向的款式、花形、材料、色彩的构成上，它是用以传递商品信息为主要目的，模特只是陪衬。比如，时装表演选用的模特，主要以体现人体和时装的线条、影调、色彩有规律的交替，使画面充满和谐、生动、有韵律。手势动态的交叉，以至小道具的使用，富有戏剧性的情节等，都可以使画面富有趣味性和生活气息。一般舞台上都有几个相对固定的亮相区，模特儿会在亮相区内摆好姿势停顿几秒钟，这时模特儿相对静止，是一个极容易抓拍的机会。当然也可选择模特儿行走的过程进行抓拍，这样拍出的照片具有动感。摄影者的站位选择舞台正面偏左右或者在T形台拐角处较为合适，这是因为可以拍到不同角度、不同背景、不同光的照片，相对正面拍摄的照片气氛要活跃得多。

三.时装摄影的功能表现

（一）拍摄服装设计师需要的照片

时装摄影是通过时装并在模特的诉说和表现下来体现服饰的轮廓、线条、色彩、款式及面料质地的视觉形式，传递着时尚潮流的信息。作为摄影师有必要了解服装设计的基本常识，这有利于在拍摄中更好地表现服装设计师的设计理念和设计风格，从而准确地表现出服装设计师的审美情趣。我们不妨来参考一些颇为科学的服饰选择和审美原则，如"TPO"穿着三原则：时间（Time）、地点（Place）、场合（Occasion）和"5W+H"的着衣原则：何人（Who）、何时（When）、何地（Where）、何目的（Why）、穿什么（What）和如何穿（How）。

苗条型服装。表现女性阴柔秀丽的自然曲线美。

垂直型服装。强调肩部的方正感觉，既适度宽松离体，又不失严谨庄重。

宽松型服装。宽松地远离模特的躯体，外观轻松休闲，无拘无束，自由惬意。

A字形服装。是最具有流线感的时装款型，上身合体裹身，腰部向下放开，整体连贯，十分美观舒适。

T字形服装。袖身与衣身连成一体，上体伸展自如与下肢利落匀称交相辉映，显得飒爽英姿，十分精神。

优雅曲线型。是修饰女性纤细腰肢的成功造型，十分华贵雍容，不仅确保女性生理上的舒适性，同时也达到视觉上赏心悦目的效果。

Y字形服装。强调上身肩部的造型，下身采用贴体收缩造型，以营造出帅气挺拔，高挑神气的形象。

（二）拍摄面料厂商需要的照片

要拍摄突出时装面料为主的照片，应该注意产品的质感表现，忠实地再现面料的纹理、亮度、图案和色彩：

皮革服装一般有光泽、有厚重感，受光部分易出现强烈的光斑，拍摄时应避免用直射光，用漫射光处理较好。

裘皮服装的拍摄重点是表现松软感，有丰厚的毛感。即使你用大量的照明，也很难表现出毛皮的外观特征，照片与实物的差距很大。其实，适当地利用逆光和较暗的背景，并注意毛皮表面的方向，寻找具有毛皮特征的服装边缘部分，体现毛皮表面柔软的弯曲部分，注意毛皮的反光所体现的微妙造型效果再加柔光处理较好。

丝绸类面料服装会有闪光和一些小小的反光，为了表现这些特征，可选用中强度的直射光。

拍摄具有透明感的纱类面料服装，大多采用逆光照明，背景尽量暗些，以便突出轻薄通透，若隐若现的神秘感，也可借助于模特流动的身影或微风吹拂的感觉。

棉布及印花棉织物、亚麻织物、塔夫绸等面料的服装用两侧45°光位均匀照明，也可选择局部特写效果比较好。

（三）拍摄销售商需要的照片

传达企业形象和文化理念的时装摄影已成为一个时装企业投入市场广告必须的惯例，企业的形象广告更侧重于社会理念的表达，而不是产品本身的形象表现，因此，这类品牌的摄影不是直接地为时装而摄影，而是以各种间接的方式达到树立品牌形象的。

这类照片常常强调意会和风格，通过模特身着时装动人而富有个性的肢体语言和表情来取悦受众，它的拍摄更自由，但是也更富有挑战性。常配于杂志文章中，也常用在富有"幻想力"的创新广告中。

把对品牌理念和创意方案的理解，全都通过摄影师独有的摄影语言表达出来。首先要考虑的是客户品牌的定位，分析其消费群体，然后确定产品的风格和主题，进而在这种风格的引领下，选取模特、场景、道具等一系列拍摄元素。形象、气质俱佳的影视、体育及成功人士，是时装推广的热门话题，一套优秀的时装摄影作品常常能引起人的购买欲望。优秀的时装摄影师其实是在运用镜头去反映消费者内心潜在的欲望和幻想，让消费者看到这些影像的时候，就会产生极大的共鸣，自然而然地加入自我幻想，从而诱发出购买欲望。

因此，时装摄影作品不仅仅是艺术品，更是一件技术层面上的作品。技术是整个拍摄过程的基础，但在技术运用上应该遵循一个原则，即技术要为整体服务，在拍时装时，不要过多地运用摄影技巧，因为技巧的东西太多容易让人产生排斥心理。时装摄影并不会在服装的细节上斤斤计较，而是希望传达一个品牌的总体风格。每个品牌都有自己独特的风格，或优雅，或闲适，或高贵，只要抓住这种风格，就能对观者产生足够的吸引力。

四.时装摄影的定位设计

（一）时装的品牌

在拍摄时装时，要从时装品牌的定位，根据目标消费群的不同，确定时装摄影的侧重点，有的品牌可走纪实风格路线，有的则艺术性表现强些，还有一些品牌则密切关注社会发展、文化风俗。时尚界对于人类社会而言，犹如一面能够窥探人类欲望的魔镜，时装摄影则是人类在镜中的映

像和倒影。每个人在面对镜子时会忍不住问道：我看起来如何？我是不是最美？时尚引导和评判了人们的审美和品位，时装摄影暗示了一些人的高贵和先知，嘲弄了另一些人的落伍和恶俗。

（二）时装的类型

选择怎样的时装背景（日常生活、海滩上、华丽的背景或街景），这些都要看服装类型而定。时装摄影的背景选择原则：简洁、谐调、对比。感觉，是确定如何用光的关键，如果某件衣服的美之所在是纯线条，那么就让线条主宰画面。一套简单的服装就用简单的方式表现出来，不去追求任何戏剧性效果（图5.55）。

图5.55 时装摄影 江进华 摄

当今的时装照片主要为时装杂志和时装广告两大类，从中不难看出其背后的后现代主义、女性主义、人道主义等思想的反映，还有当代艺术对时装摄影的影响与渗透。

练习与实践

1．简述时装摄影的形式特征。
2．简述时装摄影的功能表现。
3．试拍两张不同类型的时装照片。

第七节 生物摄影

一．动物摄影

（一）动物摄影的表现形式

拍摄动物的原则是生动与鲜活，因此我们特别提倡在野外的自然界中拍摄；同时也不排斥在保护区和动物园里拍摄人工养殖的各种动物。

动物摄影的题材，不仅有大象、狮、虎等大型动物和鸟类、昆虫等小型动物；其实还有在显微镜下才能显示的微观动物。

抓住瞬间、抓好动态、表现动感是动物摄影的要点。

（二）动物摄影的快门选择

动物是一种有生命的动体，它会跑、会跳、会飞，甚至还会伤人，所以这种摄影和其他摄影的要求或拍摄方法均有所不同，在摄影器材的运用上常需长焦距镜头，另外必须注意调整好快门时间，以确保动物形象的清晰度。动物运动速度、方向以及它与照相机之间的距离，是确定动物摄影快门时间的3个要素：

动物运动速度快，拍摄的快门时间就须短；运动的速度慢，拍摄的快门时间相应也较长。

动物运动的方向与照相机的拍摄方向近90°时，拍摄的快门时间就须短；运动的方向与拍摄的方向近0°时，则拍摄的快门时间相应就较长。

拍摄的距离近，拍摄的快门时间就须短；拍摄的距离远，快门时间相应就较长。

（三）注意动物与环境的色调

拍摄时应尽可能注意动物与它所处的环境场地以及背景的色调对比，这样有利于显现出动物在画面中的形象。

（四）动物摄影的特技手法

运用动感来表现动物状态。拍摄动态中的动物，通常是运用较短的快门时间，但是也可以采用较长的快门时间横向追随法拍摄。特别是在动物园里拍摄的话，最好是用横向追随（流线型动感背景）或者纵向追随（爆炸式动感）的方法，即在拍摄时用照相机与运动中的动物同步移动拍摄，使运动中的动物保持相对的"静态"

清晰，而使背景形成与动物运动方向相反并虚化的流线型的线条，这样还能使动物园里的动物犹如在丛林中奔跑一般（图5.56），出神入化。

图5.56 疾驰 潘锋 摄

拍摄静态中的动物，可以采用纵向追随法拍摄，即在拍摄时将镜头的中心对着所拍的动物，在用右手按动照相机快门的同时，用左手推、拉照相机镜头的焦距。这样镜头中心的动物保持相对的"静态"清晰，而使背景形成具有爆炸般的强烈动感。

运用麻醉与冷冻法。拍摄较小的昆虫活体，如蝴蝶、蜜蜂、螳螂、蟋蟀等，可先用乙醇麻醉或是放入冰箱内速冻（均不可过度地醉、冻），然后再放入花丛中去拍。

借用环境以假乱真。如果拍摄动物标本，最好置于室外的自然环境中，这样能取得以假乱真的效果（图5.57）。

（五）运用技法虚化陪体

关在细小网眼笼中的动物，要使用长焦距镜头、开大光圈并紧贴笼网去拍，这样能避开或虚化动物前面的栏笼网眼。

避开动物身后的笼栏和人造的动物房子，可采用逆光位置把笼栏、房子处于深色的背景中去拍，这样便可隐去动物身后的"杂物"了。

在暗背景下加逆光位或者用长焦距镜头加大光圈，来消除和减少动物园中的人造环境的影像，从而使所拍的动物"回归"自然。

（六）借助闪光摄影净化背景

当动物与背景相隔一定距离，这时背景中的物体又处在较暗的环境中

图5.57 望天 潘锋 摄

的时候，可以借助闪光摄影去拍摄处在较近距离的动物，而使背景中的物体处在闪光指数的有效范围之外，使它处在曝光不足的暗部用来净化背景。

最后要指出的是，进行动物摄影还必须特别注意人身和摄影器材的安全，特别是指拍摄兽性凶猛的动物时，可以用长焦距远摄镜头，这样既能防止距离太近受到猛兽伤害，又能不惊动它而较顺利地拍摄。

二.植物摄影

（一）林木植物的表现形式

这类植物主要是表现植被的地理美、影调美、自然美。

春天那黄澄澄的油菜花、红艳艳的桃花园、雪白的梨花，还有那在逆光下镶着银边的垂柳，构成了一声声春之圆舞曲。

夏日里盛开的荷花、成阴的绿树和成行的翠竹，组成了一幅幅仲夏画卷。

烂漫的金秋，层林尽染的桦树与松涛、满身披挂黄金甲的胡杨与银杏，唱吟成一篇篇秋色赋。

冬天严寒下的飞雪雾松，还有那银装素裹中的残枝枯木和傲雪凌霜的寒梅，形成了一道道冬之酷景。

（二）林木植物的构图

拍摄植物在构图时，最好要打破"平面垂直化"的画面结构。当拍摄大面积挺拔耸立的森林时，尽量要选择斜向的地平线或是起伏的地形作陪体，这样的画面使人感到生动活泼。如若让那些参天的大树垂直于地面的话，则会给人以过分的规正而显得呆板。

林木类植物的景别可大可小，大到成片的群林，小到单棵的孤树。

表现高大的林木气势，应用竖画面构图；表现宽广的森林场面，该用横画面构图。

（三）林木植物的用光

资料片可以选用正面光或者前侧光拍摄。

艺术片可以选用侧面光或者侧逆光拍摄。

（四）花卉植物的表现形式

这类植物主要是表现花卉的形式美、色彩美、图案美。花卉摄影一定要有所选择，挑选花种好、花形美的花。一般不宜拍群花，用一两朵佳花更宜于表现。拍摄花卉，最好先在花瓣、花心和枝干上喷洒一些水珠，如能同时摄入一两只蜜蜂、蝴蝶之类的昆虫（但不要让它停立在花丛中，最好是飞到离花较近而又不碰到花的时候），这样可以增加画面的生气和活力。

进行花卉摄影的时候，一定要尊重生态生长的自然规律和它的自然状态，不要去做破坏生态、不合情理、不符规律的花卉摄影，因为这样的照片会失去它的自然美和真实感。

新陈代谢是植物的生长规律，植物的开花期无疑是拍摄的最佳时期。然而植物的花前期和花后期及枯枝期也是非拍不可的时期，例如花卉的含苞待放、残枝败叶（图5.58），都是另有一番意境的好题材。

（五）林木植物的构图

拍摄带枝干的花卉，千万不要使枝干与画面的边框成平行及垂直的线条而显得拘谨、呆板，应当稍稍倾斜一些，使其处在黄金分割的斜线位置上（图5.59）。

（六）花卉摄影的用光技术

花卉摄影一般宜用侧面光或逆光，这样可以较好地表现花瓣和枝叶的质感与层次。

由于胶卷对紫蓝光线最敏感，绿色植物在进行光合作用的时候会吸收掉一些紫蓝光线，因此在阳光下拍摄绿色植物时，需增加小半级曝光量。

（七）花卉摄影的器材配备

由于花卉摄影一般拍摄距离都较近，因而要稳定画面，三脚架是不可少的。

要表现花朵、花心的特写，那就得用微距镜头来拍摄。

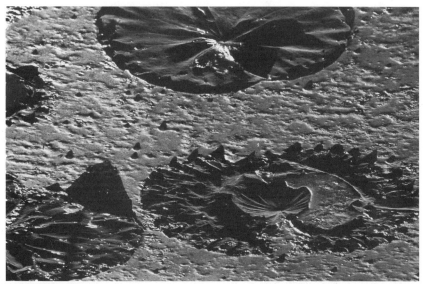

图5.58 残荷 潘锋 摄

图5.59 荷芳 潘锋 摄

练习与实践

1．如何拍好关在笼网中的动物？

2．试拍一张有动感的动物照片。

3．通过实拍来掌握林木与花卉摄影的用光技艺。

第八节 夜景摄影

一.夜景摄影的曝光技法

（一）最佳效果的光线

在同一种光源照明下，光照强度较平均，色温趋于一致。这一类照片，在拍摄时对于曝光量和色温都比较容易控制（图5.60、图5.61）。

（二）拍摄较远的景物

夜间景物距离较远，灯光本身的强弱，对曝光的影响不大。这种情况下，可把灯光看作处在同一平面上，拍摄时以平均亮度曝光为准。

（三）处在纵向的景物

如拍摄像路灯那样排列的广告灯箱，那么离照相机越近亮度越强。拍摄这一类的夜间灯光被摄物时，一定要避开离镜头最近、影响最大的发光体。假如以距离较远的发光体作为曝光依据，那么最近的这一发光体就会曝光过度，在照片上形成苍白的光点而影响画面效果。反之，若以最近的发光体为曝光依据，远处就会曝光不足，画面就会很暗淡而缺乏层次。

（四）表现烟花的方法

燃放烟花的场面很壮观，这是夜景摄影很好的题材。拍摄烟花跟拍摄瀑布一样，可以用较短的曝光时间把烟花拍成流线型的稀丝状，或者用较长的曝光时间把烟花拍成喷涌型的动感状态。

二.夜景摄影的表现手法

（一）可用大光圈拍摄

通常情况下，夜景摄影用大光圈较好，因为夜景摄影主要表现夜间的灯光景观，这样可以缩短曝光时间而稳定照相机、提高像质（对于那些没有快门线的人来说更应如此）。至于景深的问题大可不必担心，因为影响景深的三大因素，首先是拍摄距离的远近；其次是镜头焦距的长短；然后才是光圈的大小。而我门拍摄的夜间景观的距离都是比较远的，一般又都是使用广角镜头。一般来说，夜景无法表现明显的细部质感，因此采用小光圈在此已无太大的意义了（图5.62、图5.63、图5.64、图5.65）。

（二）多次曝光拍摄夜景

为了表现城市建筑的轮廓和产生的灯光效果，可用多次曝光手法。比如首先在太阳已落山、天空仍然明亮时进行第一次曝光，这一次曝光，曝光量要稍欠一些，仅在底片上留下浅淡的建筑物影像；当夜幕降临、华灯初放后进行第二次曝光，这次按夜景摄影的曝光量正常曝光，在同一底片上进行2次曝光。用这种方法拍摄，一个晚上只能拍摄一幅作品，但能拍出建筑轮廓形象、灯光夜景效果都佳的画面（图5.66）。另一种多次曝光，

有些照相机供摄影者优先确定的最低快门速度可达数十秒。当拍摄都市夜景时，摄影者可优先确定10秒、20秒或30秒的快门速度进行长时间的曝光，这样就能把大街上来往的车辆拍成一条条优美的光迹，为画面增色不少。

图5.60 上海外滩夜色

图5.61 上海豫园新春灯会

图5.62 上海豫园新春灯会

图5.63 上海外滩夜景

图5.64 台北夜景

图5.65 上海外滩夜景

是事先确定好画面的构图，留出月亮移动的轨迹，经多次曝光将不同时间的月亮影像定格在画面上（图5.67）。

（三）使用闪光拍好夜景人物纪念照

夜景摄影一般不使用闪光灯。因为即使功率再强的闪光灯，其闪光射程也无法达到夜间远景的被摄物。所以夜景摄影主要还是依靠长时间曝光方法。就旅游摄影而言，如果人们喜欢城市的夜景，就会想拍摄夜景人物纪念照。当使用闪光灯拍摄时，可首先按夜景景物的环境亮度进行曝光时

图5.66 浦江两岸 薛长命 摄

夜景人像照模式最基本的特点是采用低速同步闪光的方法完成曝光。从构成这种摄影模式的曝光、对焦两方面的功能看，曝光主要是靠内藏闪光灯对人物进行照射，闪光量按通常人像摄影的距离设定，同时，较低的快门速度不仅起到了闪光同步的作用，更重要的是能让照度不太强的夜景也在底片上充分地感光；对焦则比较简单，焦点距离按接近处的人物设定，这样便能确保人物成像清晰。而人物后面的景物，一般距离偏远，从理论上来说，可以纳入较大的后景深内，所以背景虽不如人物那样清晰，但可达到过得去的水平。可以说，这种摄影模式是以传统低速同步闪光摄影法为基础，与传统低速同步闪光摄影法差别不大的一种专门摄影模式。

图5.67 多次曝光拍摄夜景实例

间和光圈的组合，然后用闪光灯的指数去除以光圈，算出被摄人物与闪光灯的距离，再让被摄人物稍稍站后一点进行闪光补光。这里让闪光略为不足一点，旨在使画面更加富有夜景的韵味和特点（图5.68）。另外特别要提醒的是，此时的曝光时间较长，所以当闪光灯亮过之后，整幅画面的曝光并未结束，因此人物千万不能马上走开，否则人身后的建筑灯光会与人物产生叠影。

三. 常见夜景的拍摄

（一）一般城市夜景的拍摄

现在不少城市商业中心或标志性建筑在夜间都采用了泛光照明作为地方性景观，这些建筑在较均匀光线照射下，是摄影者拍摄夜景的极好题材

图5.68 夜景人物纪念照

拍摄夜晚迷人的景色是一件非常有趣的事，节日之夜流光溢彩的街灯、空中光彩夺目的礼花、被泛光彩灯映照得似琼楼玉宇的城市建筑等，都是拍摄夜景的极好题材。许多摄影者都欲将这"火树银花不夜天"的盛景作衬托，为亲朋好友拍摄人像留念照。但遗憾的是，由于拍摄这种照片在技术上不易把握，结果往往是所摄人像的效果还可以，但夜景的效果未能表现出来，照片上很难反映出拍摄现场那种令人神往的气氛。造成这种问题的原因是，摄影者按通常的拍摄方式，仅能照顾到人像这一头的曝光，而照顾不到背景那一头的曝光。考虑到这一点，很多数字相机都设置了便于摄影者拍摄以夜景作衬托、人像和夜景都有恰当曝光的专门摄影模式——夜景人像照模式或超夜景摄影模式。

（图5.69、图5.70）。在所有泛光照明设计中，黄色灯光占主流，还有少量为其他颜色，一般拍摄时应按黄色部位亮度测光曝光。拍摄建筑夜景其实就是拍摄建筑的反射光或灯光，因此不宜采用无点测光功能的独立式测光表来测光，而要充分利用照相机（测量反射光）的内测光功能。有条件者可借助长焦镜头用中央重点测光模式对中等亮度的黄色测光，然后锁定曝光值再采用合适构图的焦距拍摄，如果采用非恒定光圈的变焦镜头来测光曝光，当测光焦距和实拍焦距变化时，在确定曝光值时应作适当曝光补偿。

如果建筑附近有水岸、湖泊等，应充分利用倒影等丰富画面，曝光时一般以建筑实景或针对主要表现对象内容的多少来确定，遵循少数服从多数的原则。

要拍摄夜景中车辆运行的灯光线条，最好选择交通繁忙的路口，借助小光圈，增加曝光时间，曝光时间越长，车灯的运动线条也越长（图5.71）。

（二）月夜景色的拍摄

拍摄月夜景色大都选择农村和山区等，因为空气清新，能见度更高。拍摄月色下的夜景要求成像清晰，色彩鲜艳通透。有时太阳还未完全下山，月亮就已升起，天空色泽变化丰富，从蓝色变成带些橙色的蓝，再逐渐变成深蓝色，在拍摄月夜景色时就要设法利用这些时机将天空微妙的色泽变化表现好。

最好的拍摄时间是太阳下山不多久，这个时段地面建筑等常常因天光映射而呈现神秘的蓝色。只要曝光准确，在蓝色的基调中，地面景物也会有较丰富的层次。不过该时间段很短促，不过十来分钟而已，需要抓住时机才可能成功。

拍摄月夜景色的难题是测光，测光不准就会影响图像质量。很多情况下真正月夜的照度极低，不能用程序自动档拍摄，用便携式数字照相机的程序档拍摄这样弱光对象时，往往在屏幕上仅仅显示曝光不足2档，然后取最大光圈，配上1/30s的快门时间曝光，显然这样的曝光数据难以满足曝光

摄影基础

图5.69 上海衡山路夜景 浦杏兴 摄

图5.70 上海衡山路夜景 杨建正 摄

图5.71 外滩夜景 薛长命 摄

需求，最后得到的图像会严重曝光不足。所以拍摄时较保险的是使用手动
"M"档测光，这样可根据测光值再进行手动曝光（图5.72）。

四. 数字照相机拍摄夜景的技巧

（一）选择较和谐的影调

数字照相机对曝光要求更高，也更适合拍摄反差比较柔和的对象。
而夜景画面的反差往往较强，一般采取两个方法来提高质量，一是预先
选择好拍摄内容，构图完毕后架起三脚架等待，在天空尚有余光仍然保
留一定蓝紫色调时拍摄，这样景物的轮廓线条更加分明（图5.73、图
5.74、图5.75、图5.76）。

当然仅仅依靠天刚黑的时段也不可能拍摄到多少照片，因此在实际拍

图5.72 水乡月色 徐和德 摄

摄时要随机应变，通过取景构图来控制画面反差，一般可以取影像亮度比较一致，高光部位和暗部比较少，中等亮度比较多的内容拍摄，这样按照中间亮度曝光效果比较好（图5.77）。

（二）采取适当措施控制噪点

数字照相机在曝光时间较长时容易出现噪点，尤其是便携式数字照相机更加明显，而单镜头反光数字照相机则相对好得多。拍摄重要内容时应该首选单镜头反光数字照相机拍摄。实际拍摄时除了要注意上述第一点要求外，还可开启照相机的降噪功能，这样照相机在运算处理照片文件数据的时间稍长些，但成像质量更好。

同时要注意选择感光度不宜太高，因为高用感光度拍摄时由于信号增强，本身容易强化暗部的噪点。一般选择原则是便携式照相机最好采用ISO200的感光度，不要超过ISO400；单镜头反光数字照相机尽量选择不超过ISO800的感光度。当要满足曝光需要时，可通过开大光圈来尽量避免延长曝光时间解决问题。

五.夜景摄影的其他技术要点

测光时不要将照相机的镜头光轴对着最亮或最暗处，否则将曝光过度或曝光不足。无经验者最好按照平均亮度值用扩弧曝光法连拍3张来确保成功率。

拍摄时要将照相机的镜头光轴处于黑暗中，不能让镜头直接照射到灯光而产生冲光。

当使用自动调焦拍摄时，不要将照相机的镜头光轴对着黑色的天空或者是毫无细节反差的亮部，这样会不调焦而无法按动照相机的快门进行拍摄。

夜景摄影不宜将浅色耀眼的广告牌摄入画面，因为如果以城市夜景为

图5.73 上海陆家嘴夜景

图5.74 上海浦东夜色 谢新发 摄

图5.75 上海外滩夜色 梁财国 摄

图5.76 上海人民广场夜景

图5.77 亮度比较均匀的夜景 徐和德 摄

曝光标准，这些灯箱会因曝光过度在画面上形成相当抢眼的白色光点，而影响主体的表现力和画面的整体效果（若需要拍摄灯箱效果的话，则应当在它的光色变换中，挑选那些深颜色的灯箱去拍摄）。

　　夜景摄影使用的三脚架要牢靠，拍摄过程中动作要轻，要避免因照相机震动而造成图像的模糊。

练习与实践

1.实践拍摄一张带有很大月亮的灯光建筑照片。
2.实践拍摄一张具有夜景气氛的人物纪念照片。

第**6**章

shuzi tuxiang chuli

数字图像处理

第一节　数字图像的常规处理

一.数字图像的裁剪和尺寸调整

（一）裁剪图像

打开Photoshop软件，选择裁剪工具。在照片内点击，并拖绘出裁剪框，将被裁剪掉的区域会变暗（图6.1）。

调整好裁剪框之后，在该边框外移动光标就能够旋转它。只要点击并拖动，裁剪框就沿着拖动的方向旋转（图6.2）。

裁剪框调整到位后，按回车键裁剪图像（图6.3）。

（二）用"三分法则"裁剪图像

"三分法则"是摄影师构图时使用的一种技巧。可以将从照相机取景器中所看到的图像分成三份，然后定位地平线，使它沿着想象中的顶部地平线或底部地平线，然后把主题定位到这些线的交叉点上。用"三分法则"裁剪图像，可以创建出更有感染力的图像。

打开需要处理的图像文档。使用裁剪工具，在裁剪工具的选项栏中输入需要裁剪文档的尺寸，需要小于原始图像的尺寸为好，例如设置为长7英寸，宽5英寸，分辨率设置为300PPI，在选项栏中的裁剪参考线叠加后的选项中，选择三等分（图6.4）。使用裁剪工具在图像上拖拉一个图像的裁剪框，在裁剪框中出现横、竖两个三等分线条，并且相交产生4个交点。将主体放在相交等分线的交点上（图6.5），然后裁剪图像（图6.6）。

另外，还将图像的地平线调整到三等分的等分线上（图6.7），然后执行裁剪图像（图6.8）。

（三）将图像裁剪到指定尺寸

如果需要得到图像的标准尺寸，下面提供的技术就可以把照片裁剪到想要的大小：

如果图像的尺寸是15×10 英寸，想把它裁剪到7×5英寸。具体操作程序是：选择裁剪工具，在选项栏的左边会看到宽度和高度的字段。输入宽

中国高等职业院校艺术专业系列教材

摄影基础

第六章　数字图像处理

图6.1 需裁剪图像

图6.2 旋转被裁剪图像

图6.3 调整到位后按回车键

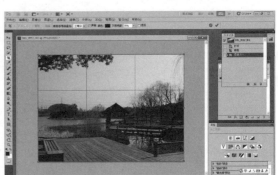

图6.4 使用裁剪工具，裁剪参考线选择三等分

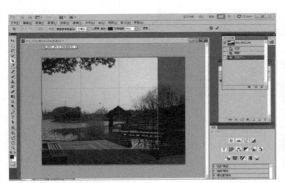

图6.5 显示三等分网格

图6.6 将图像中的主体放在网格的一个交点上裁剪

图6.7 选择裁剪工具

图6.8 然后裁剪图像

度大小和单位（英寸、厘米、毫米等），接着输入高度大小和单位。输入分辨率（像素/英寸）。

用裁剪工具在图像内点击，并拖动出一个裁剪框。拖动时边框会被约束为水平形状。无论取的边框是多大，该边框内的区域都变成7×5英寸的图像。

裁剪框显示在屏幕上后，可以把光标移到边框内来重新定位裁剪框，也可以拖动边框位置，或是用键盘上的箭头键更准确地控制边框的位置。当裁剪框移动到位后，按回车键完成裁剪。裁剪的区域就变成7×5英寸。

（四）裁剪图像并保持相同的长宽比

打开要裁剪的图像，按Ctrl+A(全选图像)在这幅图像周围绘制选区。

从选择菜单中选择变换选区，只调整选区自身的大小，而不调整选区内的图像大小。

按住Shift键并保持、抓住一个焦点向内拖，以调整选区大小。因为在缩放时按住了Shift键，所以长宽比保持完全相同。选区一旦接近所要的尺寸，把光标移到界框内之后点击并拖动，把选区定位到要裁剪的位置，再按回车键完成变换（图6.9），从图像菜单中选择裁剪（图6.10）。

一旦选择裁剪之后，图像就被裁剪到选区内的区域，再按Ctrl+D取消选择，裁剪后的图像与原始图像保持着相同的长宽比（图6.11）。

（五）调整数字图像的尺寸

数字照相机的默认设置所产生的图像通常是物理尺寸很大，而分辨率很低（常为72dpi）。一般可以使用下述方法来降低数字照相机图像的大小，同时提高它的分辨率，而图像质量没有任何降低。

打开需要调整大小的数字照相机图像，再按Ctrl+R，显示出Photoshop的标尺（图6.12）。

从图像菜单中选择图像大小,打开图像大小对话框。在文档大小部分,分辨率设置是72dpi。该分辨率被认为是"低分辨率",只适合于屏幕上观看。如果要从彩色喷墨打印机、彩色激光打印机或印刷机上获得高质量的输出,这样的分辨率就太低了（图6.13）。

如果打算把这张图像输出到任何打印设备上，则需要提高分辨率才能

图6.9 选择裁剪工具

图6.10 裁剪图像边缘

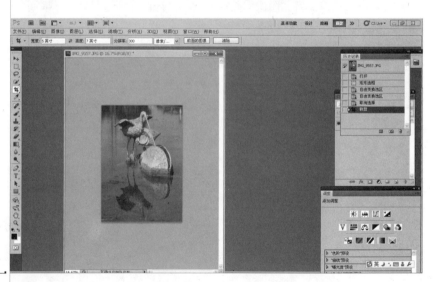

图6.11 完成裁剪

获得好的效果。只要在分辨率的字段上输入分辨率数字即可。一般设定为200～300dpi。但是，这样的重定图像像素会使低分辨率的图像变得模糊和像素化。因此我们需要关闭重定图像像素复选框。这时，输入我们所需要的分辨率设置时，Photoshop就自动按照相同的比例向下调整图像的宽度和高度。宽度和高度变小之后（重定图像像素关闭），分辨率就增加。最重要的是图像质量绝对没有降低（图6.14、图6.15）。

当点击确定按钮时，看不到图像窗口有任何变化，但是看一下标尺可以发现图像的尺寸发生了变化。

用这种技术调整图像大小实际上做了3项操作：

物理尺寸变小。

提高了图像的分辨率，完全可以进行打印输出和印刷输出。

图像一点都没有变柔和、模糊或像素化，图像质量保持不变，这些都是因为关闭了重定图像像素复选框的缘故。注意：关闭重定图像像素复选框只适合于用数字照相机拍摄的图像，而不适合于处理用扫描仪扫描所得到的图像。因为扫描仪扫描的图像一开始就是高分辨率图像。

（六）缩小图像的尺寸

要缩小数字图像时，我们要遵循以下的规则来尽可能地保持质量。

图6.12 打开图像

图6.13 打开图像菜单中的图像大小对话框

图6.14 勾选重定图像像素

图6.15 按确定

1.缩小分辨率已经是300dpi的照片

打开重定图像像素复选框，输入想要的尺寸点击确定按钮。该图像会缩小尺寸，分辨率保持300dpi。

当用这种方法缩小时，图像很可能变得有点柔和。因此在缩小以后，可能要应用USM锐化滤镜恢复调整尺寸过程中所损失的锐度。

2.使一幅照片缩小，而不缩小整个文档

如果在同一个文档中使用多个图像，调整大小时则有一点不同。要缩小一个图层上的图像，首先点击图层控制面板上的该图像上的图层，然后，按Ctrl+T打开自由变换。按住Shift键并保持角点向内拖动。调整到位后按回车键。如果图像调整尺寸后看起来变得柔和，则可以应用USM锐化滤镜来解决。

3.文档之间拖动时的大小调整问题

不同文档之间拖动时，两个文档一定要处于相同的视图尺寸和分辨率。

二.数字图像颜色的校正

在数字图像的颜色进行校正前，需要修改Photoshop中的两个小参数，以便能够更好地、更精确地进行校正。这一步非常重要。

（一）在工具箱中点击吸管工具

该工具的默认取样大小设置适合于用吸管从图像中读取一种颜色，把它用作前景色。

做颜色校正，要读取的颜色为吸管下的区域，而不只是该区域内的某个像素。这样就需要进入选项栏，从取样大小下拉列表中选择3×3平均。这将改变吸管，为你提供所读取区域内3×3 像素的平均值（因为肤色是由不同颜色像素组成的，而不是单个像素的颜色）。

配置Photoshop进行颜色校正。专业人员首先把桌面改为中性灰色。如果采用彩色背景时，被处理图像背后的彩色图像会改变你对颜色的感知。

得到中性灰色校正背景，请点击工具箱底部的中间按钮。更快捷的方式是在键盘上按一次F键。立即把图像定位到屏幕的中央，在图像的周围放置中性灰色背景。这种视图模式称为带有菜单栏的全屏模式。

（二）数字照相机图像的颜色校正

从数字技术出现以来，数字照相机拍摄的图像都会有些色偏。如果数字照相机拍摄的图像有50%的机会能给出正确的颜色就非常理想了。以下就是校正颜色的方法：

打开需要进行颜色校正的图像。

进入图像菜单，从调整菜单下选择曲线。因为曲线提供的控制比较灵活。

在曲线对话框中设置一些参数，以便在颜色校正时可以得到想要的结果。现为阴影区域设置目标颜色。要设置该参数，请在曲线对话框中双击黑场吸管工具，弹出的拾色器会提示"选择目标阴影颜色"。输入值后，将删除数字照相机在图像阴影区内引入的色偏。

对话框的R、G、B字段内输入值：R=20、G=20、B=20，点击确定按钮。这些数字均匀平衡呈中性，所以保证阴影区不会出现一种颜色太多。使阴影区保持足够的细节。

参数，使高光区域变为中性。双击白色吸管工具。拾色器要求"选择目标高光颜色"。点击R字段输入：R=244、G=244、B=244，然后点击确定按钮把这些设置为高光颜色值。

设置中间调参数：R=133、G=133、B=133。然后按确定按钮，把这些值设置为中间调颜色值。

需要找到图像中应该是黑色的区域。如果找不到应该是黑色的区域，则必须确定图像中的哪个区域是最黑的。如果不能确定哪一个部分最黑，可以使用以下的技巧。

转到图层控制面板，点击其中半黑/半白图标，打开创建新的调整图层弹出菜单，并从该菜单中选择阈值。

阈值对话框弹出后，一直拖动（向左）直方图下方的阈值色阶滑块，这时图像完全变白色。然后，慢慢地向右拖回滑块，在拖动的过程中，可以看到图像的一些内容又显示出来。最早出现的区域就是图像中最黑的部分。点击确定按钮关闭阈值对话框。

在工具箱中的吸管工具上点击并保持，从弹出菜单中选择颜色取样器工具。在最黑的区域上点击一次颜色取样器，并标志这个点。

使用同样的阈值技术查找高光区域，选择颜色取样器工具，在最亮区域点击一次，把它标志为高光点。

转到图层控制面板，在图像上可以看到两个目标标记；

按Ctrl+M，打开曲线对话框。从曲线对话框底部选择黑场吸管工具，在图像上最暗部的目标中心点上点击一次。阴影区域就被校正。

切换到高光吸管工具，直接在图像中的高光目标中心点上点击一下，把它设置为高光。这将校正高光颜色；

在曲线的网格中，点击曲线的中央，把它向上拖一点，以加亮图像的中间调，调整好以后，点击确定。

选择选项栏中的清除按钮，删除图像上的两个颜色取样器目标。

（三）拖放图层的方法校正颜色

利用拖放图层的方法校正颜色主要用在快速校正一组在相同光源条件下拍摄的图像，例如在摄影棚里、在灯光光源下或在室外阳光下拍摄的一组图像。

在文件浏览器里点击需打开的所有图像，如这些图像是连续的则可以按住Shift键（图6.16）。

在图层控制面板的底部有一个添加调整图层的弹出菜单，点击后选择曲线。以图层方式应用这种校正方法的优点是在任何时候都可以编辑或删除所作的色调调整，并且可以把这种调整作为图层与文件一起保存（图6.17）。

如果把调整图层拖放到另外一幅图像上去，同样的校正会立即用到另

一幅图像上（图6.18）。

拖放校正后，如果某张图像看上去不适合的话，只要直接双击该图像的调整图层缩览图，就会再次打开曲线对话框，其中具有上次应用的设置，就可以改变这种设置，以符合需要。使用这种技术可以大大地节约时间。

（四）利用自动颜色校正

Photoshop 先前已经有了两种自动颜色校正工具：自动色阶和自动对比度。现在新版本中又多了一种自动颜色。它的效果比前两种好得多。

用自动颜色，基本上会使图像内的高光、中间调和阴影区域都变为中性，在某些情况下它的效果很好。

用自动颜色后，可以使用渐隐自动颜色的命令来调整图像上产生的效果。渐隐对话框弹出后，可以向左拖动不透明度滑块，以降低自动颜色效果，直到满意为止。

三.使用明度彩色图像的黑白处理

（一）使用明度通道进行彩色与黑白的转换

把彩色图像转换成黑白图像最流行的方法之一就是使用明度通道。因为它可以只隔离出图像中的亮度，分离掉颜色，这样做常常可以得到很好的灰度图像。另外使用这种方法还能添加一些调整，使得我们几乎每次都能调整出完美的灰度图像。

打开要处理的RGB图像。

在图像菜单中的模式子菜单中选择Lab 颜色，把图像从RGB模式转换为Lab模式。

转到通道控制面板，此时图像已经不再是由RGB3个通道组成，明度通道已经从颜色数据中分离出来。

点击通道控制面板上的明度通道，屏幕上的图像看起来就是灰色的。

进入图像菜单，从模式之菜单中选择灰度。Photoshop 会问你要扔掉其他通道吗？请点击确定，这时通道控制面板上就只有灰度通道了。

进入图层控制面板，点击背景图层，按Ctrl+J 创建背景图层的副本。如果图像太暗，将图层混合模式从正常改为滤色，图像会变亮。如果图像太亮，则选择正片叠底模式。

要进一步把图像调整到理想的色调可以调整该图层的透明度，直到色调符合你的要求为止。

（二）用通道混和器产生更好的黑白照片

打开需要转换为黑白图像的彩色图像文档。从图层控制面板的底部创建新的调整图层弹出菜单中选择通道混合器。

打开通道混合器对话框底部的单色复选框，使这些通道能够混合为灰度。然后可以使用3个颜色滑块以一定的百分比组合各个通道，创建灰度图像。

混合这些通道时，可以使它们的数量等于100%。调整时也可以不遵守这条规则，可以自由地调整这些值，从而创建出很好的对比度。最后点击

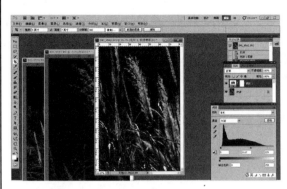

图6.16 多张同一场景拍摄的图像

图6.17 使用添加调整图层进行图像的调整

确定按钮。

四.数字图像的修正

（一）校正曝光不足照片的简单方法

打开曝光不足的图像。

按Ctrl+J创建背景图层的副本，在新图层上将混合模式从正常修改为滤色。

如果图像曝光不足，可以再次按Ctrl+J 创建滤色图层的副本，直到曝光看起来准确为止。

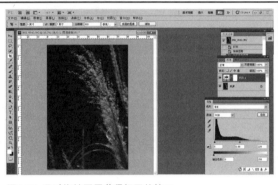

图6.18 通过拖放图层获得相同的校正

（二）图像的减淡和加深

打开需要进行处理的图像。

从图层控制面板的菜单中选择新建图层，新建图层对话框弹出后，把模式修改为叠加，然后，选择其下方的"填充叠加中性色（50%灰）"，点击确定。

使用画笔工具，在选项栏中，点击"画笔"文字右边的缩略图，选择中等尺寸的柔角画笔，把画笔工具的透明度改为30%。

按字母D，并把前景色的颜色改为白色，现在开始在你想要加亮的区域上绘图，图像就会变亮。

按字母D，并把前景色的颜色改为黑色，使用画笔工具在图像亮区进行绘图，使亮区变暗。

（三）消除红眼

打开一张有红眼问题的图像。

选择缩放工具，放大图像中的眼睛。在工具箱中选择红眼工具。

只要在眼睛的红色上点击一两次，红色就会消失。

（四）纠正镜头所产生的图像变形

1.透视扭曲的纠正

进入滤镜菜单，从扭曲之菜单中选择镜头校正。在弹出对话框后，

关闭显示网格复选框，转到变换部分，把垂直透视滑块向右拖动，直到大楼看上去垂直为止。执行该校正时滤镜会把图像顶部的三分之一处向内压缩。这时图像的顶部会留有透明的间隙。

变换部分底部的边缘下拉列表可以决定怎样处理透视修复所产生的这些边缘"间隙"。从下拉列表中选择边缘扩张，会扩展照片的边缘区域，覆盖这些间隙，点击确定，应用校正。

使用仿制图章工具或修复画笔工具做一些图像的清理工作，也可以隐藏扩展所常见的拉伸区域（图6.19A、B、C）。

2.桶形扭曲的纠正

桶形失真是使图像看上去中心部分有膨胀呈圆形的感觉。使用镜头校正滤镜将扭曲滑块慢慢地向右拖动，图像从中央向内"收缩"以消除膨胀的感觉。

点击确定，校正的边缘周围会留下间隙。

使用裁剪工具重新裁剪图像。

（五）校正梯形失真

用裁剪工具校正梯形失真。

点击左边的标尺拖动一条参考线放到图像上（放在左侧）。

使用Ctrl+T 。按住Ctrl键，向左上方拖动边界框的左上角点，使建筑物的左边与参考线对齐或平行为止。

（六）消除多余的对象

使用仿制图章工具消除多余的对象。尽管现在有修复画笔工具和修补工具，但是仿制图章工具仍然是完成该项工作最好的工具。

（七）使用抽出滤镜技术消除背景

打开需要处理的图像，从滤镜菜单中选择抽出。

打开抽出对话框。选择边缘高光工具，描绘出要抽出的对象边缘。描绘时，要保持记号边框一半在背景上，一半在要抽出的对象上。

描绘的区域很精细时使用小画笔尺寸，否则，要使用大画笔尺寸；

绘制好高光器边缘之后，切换到填充工具，在绘制的高光器边缘边框内点击一次，用蓝色色调填充边框内部。

确保边框的侧边或底部没有任何缝隙，点击预览按钮查看抽出效果。

如果效果满意，点击确定按钮。图像会显示在可编辑图层上。

进行"校正"。如果看到衣服上有缺失，创建该图层的副本（按Ctrl+J）。

选择"历史记录画笔工具"，在缺失的部分上画图。很快就能修复缺失的内容。

图6.19A　处理前图像透视变形

图6.19B　使用裁剪工具全选图
像，勾选透视选项

图6.19C　完成裁剪

第二节 数字图像的特效处理

使用Photoshop中图像处理技术，创建出各种特殊的效果。

一.数字图像的合成

打开合成图像的基础图像。该图像为拼合背景。打开要与背景图像拼合的第一幅图像。使用工具箱上的移动工具，点击图像，并把它拖放到背景图像上。选择工具箱中的渐变工具。

打开渐变选择器。选择黑色、白色渐变。在想让图像成为透明区域的点上点击渐变工具并拖动它，拖动到想要使图像其余部分标为100%不透明为止。释放鼠标后，最上面的图层中的图像将平滑地混合，从纯图像到透明。

打开另外一幅图像，使用移动工具，点击该图像，把它拖放到正在拼合的图像上面。点击图层控制面板底部的添加图层蒙板图标，向这个新的图层添加图层蒙板。点击渐变工具，向左拖到一定的位置，使这幅新的图像与其他图层混合。释放鼠标以后就会出现纯图像到透明的渐变。

如果拼合的位置不太满意，可以使用移动工具，点击图像，向左拖动，直到你对边缘接合处满意为止。如果想调整混合，可使用画笔工具，选择一支大型柔角画笔，开始在图像上绘图即可。

二.数字图像的拼接

（一）用手工拼接全景图

在Photoshop 中拼接全景图很简单，只要在拍摄时遵守这样的规则：使用三脚架保持照相机的水平；当拍摄每一段的图像时，一定要使下一段图像至少与前一段的图像有20%的交叠。

打开要拼接的3幅图像中的第一幅图像。

在图像菜单中，选择画布大小。如果第一幅图像的宽度为5英寸，如果要把3幅图像拼合在一起则需要增加足够的空白画布，以便能容纳下另外的2幅同样大小的图像，因此一定要打开相对复选框。在宽度设置中输入10英寸。为了把增加的这些空白画布添加到第一幅图像的右边，使用定位网格，在定位网格中点击左边中间的方格，然后将画布扩展颜色下拉列表修改为白色。

点击确定按钮，大约10英寸的白色画布就被添加到图像的右边。

打开全景图的第二幅图像。

选择工具箱中的移动工具，点击第二幅图像，把它拖放到第一幅图像的边上。拖放时应注意让它与第一幅图像有一点交叠（可以放大一点，以便看清2幅图像的交叠情况）。

转到图层控制面板，把第二幅图像图层的不透明度降低到50%。这样可以透过顶部图层看到它的下方的图层中的图像，使得2幅图像对齐变得很容易。

如果不能很好地对齐目标对象，可以把不透明度恢复到100%，在图层控制面板内，将图层的混合模式由正常修改为差值。使用键盘上的箭头键使2幅图像中的目标对齐。只要还能看到交叠部分的颜色，就说明还没有对齐。

续用箭头键移动图像，直到交叠处变为黑色为止，但它变为黑色时表明交叠中心区域上下2幅图像（即两个图层）对齐了。

再转到图层控制面板，把混合模式修改为正常。这时就能看到拼合的效果。现在这2幅图像拼合得像一幅图像一样了。

如果在拼合部分出现一条硬边时，使用橡皮擦工具，点击选项栏中画笔的缩览图，选择一支200像素大小的柔角画笔，轻轻地擦除这条硬边。由于2幅照片是相互交叠的，在交叠的部分擦除边缘时，上方的图像与下方的图像就会成为无缝的拼合。

现在打开要拼合的第三幅图像，使用同样的技术，将图像拖放到全景图上。

3幅图像拼合后，全景图的右边还有一些空白的画布。使用图像菜单，选择裁剪工具，打开裁剪对话框，由于我们不再需要图像的右边白变，因此在对话框中在基于下面选择右下角像素颜色。这样将裁剪掉图像之外与右下角白颜色相同的所有内容。

（二）用Photomerge 自动拼接全景图

如果在拍摄期间已经配置好全景图，也就是说在拍摄时使用了三脚架，并且每幅图像之间有20%～30%的交叠，则可以使用Photoshop新的Photomerge （照片拼合）功能自动拼接全景图像。如果是采用手持照相机进行拍摄，也可以使用Photomerge知识，但必须手工完成大部分工作。

打开要拼接的所有图像，一定要按拼接顺序依次打开所有的图像。进入Photoshop的文件菜单，从自动子菜单中选择Photomerge。这时会弹出一个对话框，它会问要把哪些文件组合成一幅全景图。已经打开的所有图像文档均显示在窗口内，这时可以选择窗口内的文件，打开尝试自动排列源图像复选框，然后点击确定按钮。如果全景图像拍摄准确，Photomerge功能通常会把它们无缝地拼接到一起。拼接时如地平线倾斜，可在工具箱中点击度量工具，并沿着地平线向右拖动。进入图像菜单，从旋转画布子菜单中选择角度，打开旋转画布对话框，角度量已经计算出来。只要点击确定按钮，即可拉直全景图。拉直后的全景图最后需要进行裁剪。裁剪是拼贴工作的一部分。选择裁剪工具，把多余部分裁剪掉。按回车键应用裁剪。再进行一次锐化。进入滤镜菜单，从锐化子菜单中选择只能锐化，可以试试60%的数量和1像素的半径设置。点击确定按钮。

全景图拼接的最佳状况是，每一段的图像之间有足够的交叠量，这样拼接起来就不会有多大的问题。如果自动拼接遇到警告对话框，说明自动拼接无法完成，需要使用手动拼接。

（三）用匹配颜色校正全景图曝光问题

拍摄全景图时，使用照相机上的自动曝光模式，会使每一段的图像曝光不相同，会产生一段亮一段暗的问题，在全景图的拼接中会产生明显的接缝。解决这个问题的办法就是进行准确测光，使用手动曝光的办法，几幅拼接照片拍摄时的曝光应该统一。同时，也希望使用手动调焦。如果没有这样做，可以在Photoshop PS2中进行校正：

打开全景图的各段图像。点击存在曝光问题的图像段。进入图像菜单，从调整子菜单中选择匹配颜色。在对话框的下拉列表中选择需要匹配的图像文件，在屏幕中会立即看到色调匹配的效果，可以使用颜色浅度滑块进行拖动，直到2幅图像匹配一致为止。点击确定按钮，2段图像的色调就能很好地匹配(图6.20A、B)。

图6.20A　全景图

图6.20B　全景图

练习与实践

1．如何纠正使用广角镜头拍摄时的透视变形。

2．使用数字照相机拍摄5幅数字图像并使用手工方式拼接成全景图。